「芥川龍之介の長崎」 正誤表

掲載頁	誤表記	正表記
12 頁 10 行～11 行	『十人十色』	『十人十話』
158 頁 6 行目	宮坂學	宮坂覺
（161 頁 11 行目、	164 頁 14 行目、167 頁 6 行目	も同じ）
171 頁 6 行目	『えわの子供』	『えわの子供』（傍線つける）
180 頁 12 行目	大正九年（1920）	大正八年（1919）
225 頁 3 行目	二十三歳	十九歳

芥川龍之介はなぜ
文学の舞台に日本西端の
町を選んだのか

芥川龍之介の長崎

新名規明
Noriaki Niina

芥川龍之介の長崎

―龍之介作品五篇つき―

新名　規明

まえがき

大学学部生、大学院生、非常勤講師時代を通じて、私が勉強し、また講義してきたのは、プラトン、アリストテレスのギリシア哲学だった。昭和五十五年（一九八〇）、三十五歳になる年、長崎の私立海星学園中学高等学校の国語教師として赴任して来たのは、いわば転身であった。二十代の半ばごろから文芸同人誌に加入していた私には、抵抗はなかった。

海星学園の図書室の書架に昭和十年代に刊行された岩波書店の『鷗外全集』が並んでいたのを借り出して読み、すっかり鷗外ファンになった。鷗外の歴史文学を研究するためには、地方史の勉強が必要と思い、長崎史談会に入会したのは昭和六十年（一九八五）であった。以来、少しは長崎郷土史にも詳しくなった。

芥川龍之介の作品で高校一年生の教科書で定番は『羅生門』である。毎年、『羅生門』の授業をしたと思う。そのほか、『鼻』も教材として扱った。教材研究のため、芥川龍之介の経歴にも触れることになる。平成二年（一九九〇）から三年にかけて、ＮＢＣ学園の「長崎学夜間講座」を担当することがあった。長崎在住十年ほどの私は何をしようかと迷った。そのとき、扱ったのが芥川の切支丹物の作品であった。芥川と長崎のことを調べるきっかけとなった。

平成二十三年・二十四年度（二〇一一～二〇一二）の「長崎伝習所」に入所して「明治大正期の長崎文学事情」を勉強する機会があった。私は「永見徳太郎」と「石橋忍月」のことを発表した。「芥川龍之介」は他のかたが担当されたが、私もともに勉強した。

福岡市で発行されている文芸同人誌『ガランス』21号（平成二十五年〈二〇一三〉十二月発行）に「評論・芥川龍之介の長崎」を発表した。この評論は結構、評判がよかった。西日本新聞の「西日本文学展望」（平成二十五年十二月二十六日付）で長野秀樹氏に「多彩な資料を基に述べられていて、貴重な論文である」と褒めていただいた。図書新聞平成二十六年（二〇一四）二月一日号の「同人誌時評」ではたかとう匡子氏より「独特な芥川論を展開しており、面白かった」の評をいただいた。

長崎文献社の堀憲昭専務より、「芥川龍之介の長崎」を本にしないかのお誘いを受け、第Ⅰ部の「評論・芥川龍之介の長崎」に、第Ⅱ部、第Ⅲ部を加えて刊行することになったのである。

芥川龍之介の長崎

目次

第Ⅲ部　芥川龍之介をめぐる長崎人

編集進行：山下睦美
装丁デザイン：納富　司デザイン事務所

第Ⅰ部

評論　芥川龍之介の長崎

1　習作『ロレンゾオの恋物語』

色濃い鷗外の影響

葛巻義敏編『芥川龍之介未定稿集』（一九六八年・岩波書店刊。以下『未定稿集』と略称）のなかの「初期の文章」に、『ロレンゾオの恋物語』と題された作品が収められている。芥川の甥にあたる編者の葛巻義敏の解説によると、これは芥川の第一高等学校時代の作文であるという。大正元年（一九一二）九月頃の作品かと推定される。芥川龍之介、満二十歳。一高第三学年ということになる。ちなみに当時の一高は九月に新学年がはじまるので、三年生になったばかりの時期であった。翌大正二年七月には一高を卒業して、九月に帝国大学英文科に入学している。

『新潮日本文学アルバム　芥川龍之介』には、この作文の冒頭部分の写真が出ている。それによると、表題は「休暇中の事ども」となっているので、「ロレンゾオの恋物語」という題は、葛巻が作文の内容を考慮してつけた題かもしれない。『ロレンゾオの恋物語』の文章の末尾は、（我がのれる汽船の舵手が、嗅煙草をかぎつゝ、語れる物語をしるす。九月二十二日――「休暇中の事ども」）となっているが、それはおそらく虚構の設定であろう。

この作品は、それなりにひとつの短篇の物語になっている。ただ、アンデルセン原作森鷗外訳の『即興詩人』を思わせるようなところもあるので、鷗外訳『即興詩人』を模倣した習作なのかもしれない。雅文体とか擬古文とかいう文体からしてそうである。主人公である異国のマンドリン弾きの若者ロレンゾオには、『即興詩人』の主人公アントニオの面影が漂っているのである。どちらも放浪の詩人であり、歌い手であった。そして美しき女人に恋い焦がれる若者であった。

芥川は夏目漱石の弟子を自認しているが、作品の傾向からすると鷗外の影響が大きい。そのことは研究者たちが指摘するところである。たとえば、芥川の大正五年八月発表の『野呂松人形』は鷗外の『百物語』の形を真似た作品であり、『羅生門』（大正四年十一月発表）にも鷗外の翻訳作品の影響がみられる。鷗外も芥川も文献資料を用いて歴史小説を書いた。たしかにその色合いは異なっているが、その傾向は共通しているといえよう。

鷗外は西洋小説戯曲の翻訳の名手だった。それらは『即興詩人』をはじめとして『十人十色』『諸国物語』などとして刊行され、明治大正期の青年たちに多大な影響を与えた。芥川龍之介もそのなかのひとりだったと推測される。

憧れの地、長崎

習作『ロレンゾオの恋物語』において、私たちが注目するのは物語の舞台が長崎であるということである。

故郷のイタリアから流浪の旅の果てに日本の長崎に来たマンドリン弾きの歌い手ロレ

ンゾオは、長崎の入り江にのぞむ酒場で、果物を売りに来る長崎の娘に恋をする。

「……女の数々を見たれど、未此処《いまだここ》日本の長崎にて始めてかのひとにあひしばかり、あつきまことの恋を覚えしはあらず」「かのひとはこのあたりの町々に林檎、蜜柑履盆子《いちご》など商ふ『むすめ』の一人なり。年は一五、六なるべし、黄なる『べべ、ニツポン』に長き帯むすびさげて、黒く清らかにほゝゑめる目の媚びたるも、髪にかざせる紅椿のやうに艶なり」

ロレンゾオはこの長崎の果物売りの少女に一目惚れしたのである。なにも語らうこともなく、また、少女はロレンゾオの思いを知ることはなかった。しかし、ロレンゾオは少女の声を聴くごとに絃を弾ずる指があやしくおののき、マンドリンの調べがしばしば乱れるのであった。

卯月のある夜、酒場に少女は来なかった。七晩待っても現れなかった。八日目の夜、ロレンゾオは客と酒場の主人が話すのを聞いた。少女は熱を病んで死んだという。今宵で三日目になるという。そのとき、酒場にいた人々は硯石《すずり》が砕けるような激しい響きを聞いた。かき鳴らしていたロレンゾオのマンドリンの絃が突然切れたのである。

「どうしたのか」と人々が尋ねても、ロレンゾオは黙って泣くばかりであった。翌朝よりロレンゾオの姿は見えなくなった。住まいのあるじに訊いても知らないという。身投げしたのか、イタリアへ帰ってしまったのか。ロレンゾオの部屋の壁には絃の切れたマンドリンが残されていた。

以上が物語の筋である。芥川若年のころの習作で、短篇ともいえぬ掌編であるが、ここから、私たちはなにを読みとるべきか。

芥川の長崎への関心はすでに早くからあったというべきであろう。芥川の長崎への関心の中心はなにか。それは奇なる物語（奇譚）への憧れだったと指摘されている。芥川が幾つかの作品の出典として『今昔物語集』を用いたことは知られているところである。それと同様、芥川は長崎と関連する「南蛮キリシタン文献」を出典として作品を書いている。『今昔物語集』にしても「南蛮キリシタン文献」にしても、そこになにか奇なるものを見出して芥川は作品にしたのである。

長崎の特異性

では、長崎の奇なるものとはなにか。長崎はポルトガル貿易港として開港以来、異国情緒の町として、日本における特異な場所であった。当初、町の人々はすべてキリシタンだった。やがて、禁教、鎖国の時代を迎え、弾圧、殉教の歴史が繰り返される。

ポルトガル貿易が止んだあとは、唐、オランダとの交易で長崎は栄えるのであるが、芥川の当初の関心は南蛮キリシタン時代にあったようだ。ごく若い時期の習作『ロレンゾオの恋物語』の背景をなしているのも南蛮趣味とか異国情緒と呼ばれるものである。流浪の異国人が長崎の娘に恋をするという奇譚の筋書きは未熟なままに終わっているが、異国すなわち泰西《たいせい》（西洋）的なものを織りこもうとする意欲は伝わってくるようだ。

マンドリンを弾く主人公の姿は、キリシタン時代に舶来した泰西画のひとコマを連想させる。芥川のキリシタンものの代表作『奉教人の死』の主人公の名前は「ろおれんぞ」となっているが、初期習作の主人公の名前に近似しているのも興味深い。ただし、これは初出（大正七年九月一日刊『三田文学』）の時は、「ろおらん」となっていて、南蛮学者新村出の指摘により、短編集『傀儡師』（大正八年一月）に収めるとき、「ろおれんぞ」と改めたのであるが。

芥川龍之介が「南蛮キリシタン文献」のなかに、奇なる物語を見出し、それを作品とした。そしてその物語の中心舞台である長崎という場所に関心を示した。大正八年（一九一九）と十一年（一九二二）の二回、芥川は長崎を訪問している。芥川は長崎で愉しい気分で過ごした。長崎の町の雰囲気を堪能し、愛すべき長崎の友人たちとともに風流を学び遊んだ。そこには、晩年の神経衰弱などの病魔に苦しみ、親族との葛藤に悩む芥川の姿はない。

芥川文学を「明」と「暗」の部分に分けるとすれば、「明」の部分を代表するものが「長崎」という場所であろう。芥川は単に奇なる物語を求めたのではない。『ロレンゾオの恋物語』で主人公は「長崎の果物売り娘」に恋心を抱くが、それは作者芥川龍之介自身が「長崎」という場所に恋していたからなのではなかろうか。若き日の習作は私たちにそのことを示唆するのである。

2 「トポス」（場所）としての長崎

邦訳のない「トピカ」

アリストテレスの著作に『トピカ』と題されているものがある。岩波書店発行による邦訳『アリストテレス全集』全十七巻のうち第二巻に収められている著作である（一九七〇年発行）。アリストテレスは紀元前三八四年に生まれ三二二年に没した古代ギリシアの哲学者である。アリストテレスの著作といっても、それはプラトンの著作のように公開の発行物ではなく、講義草稿のようなものを後世の人が編纂したものである。それが今日、『アリストテレス全集』として伝わっているのである。そのアリストテレスの著作のほとんどが邦訳の題名をもっている。たとえば、「フィシカ」は『自然学』、「デ・アニマ」は『霊魂論』、「メタフィシカ」は『形而上学』といった具合に。

ところが、この『トピカ』だけは邦訳の題名がないのである。それはこの書物がなにを述べているのか捉えがたいせいではないのかと私は思う。「トピカ」(topica)はラテン語で、ギリシア語は「トポイ」(topoi)である。元々は「場所」（トポス）を意味する言葉の複数形である。英語では「トピックス」(topics)、単数形は「トピック」(topic)である。英語の「トピックス」あるいは「トピック」は外来語の日本語になっていて、「話題」といったような意味であろう。アリストテレスの著作『トピカ』にもそれと関連したことが述べられてはいると私は思う。『トピカ』はアリストテレスの著作の中では論理学書に分類されていて、「弁証論」に関連する内容である。「弁証論」の原形は人間同士の対話である。対話において話題になる事柄を述べた書物がこの『トピカ』ではないかとひとまず理解しておこう。

「トポス」としての長崎の意味

「トピカ」も「トポイ」も複数形である。私たちはここでギリシア語の単数形「トポス」(topos)を考えてみよう。「トポス」の原義は「場所」である。「トポス」は今日、数学の集合論や修辞学用語としても使われる語である。そしてそれは、ギリシア語「トポス」に源をもち、アリストテレスの著述『トピカ』と関連するという。しかし、私たちはここで、「トポス」を「人間が対話する場所」あるいは「人間交流の場所」であると位置づけてみたい。いわば、人間学用語として使ってみたいのである。

トポスとしての長崎はどのような意味をもつのか。そこにはおそらく、南蛮キリシタン文化の時代や唐蘭貿易が栄えた時代などの歴史が含まれているだろう。では、芥川龍之介にとって、「トポスとしての長崎」はどのような意味をもっていたのか。

芥川龍之介が長崎を訪れたのは大正八年(一九一九)の五月と大正十一年(一九二二)の五月である。私たちは前者を「長崎初遊」と呼び、後者を「長崎再遊」と呼ぶ。「長崎初遊」以前に芥川はすでに、『奉教人の死』などの優れた「南蛮キリシタンもの」を書いている。

まだ訪れたことのない長崎を思い描いて書きあげた作品ということになるが、それは習作『ロオレンゾの恋物語』の延長線上にある作品といっていいのかもしれない。

大正九年（一九二〇）七月発行の『中央文学』に芥川はつぎのような回答を寄せている。「好きな所は沢山ありますが、京都、長崎等はわけても好きな所です」これは長崎初遊を経験した後での文なのだが、何故、「京都」と「長崎」がとくに選ばれて好きなのかと考えてみたくなる。それはひとつには、京都と長崎が、芥川の作品の出典とした『今昔物語集』（王朝もの）や「南蛮キリシタン文献」の舞台（場所）だったからということもあろう。ともかく、「芥川は長崎が好き」なのである。

大正十四年（一九二五）六月、『東京日日新聞』に寄せた「旅のおもひで」という談話のなかで、長崎、北京、京都などを挙げ、長崎のところではつぎのような記述がみられる。「さあ、わりに印象の深い所といつたら何といつても長崎ですね。あそこは今以てローマン・カトリックの気分と大阪あたりの文化とがいり交つて、ほかではとても見られない独特の情景が展開されていますよ」「長崎は肴もうまいし野菜も鶏もみんなうまくて、食ひしんぼうの僕などには有がたい所です」これらは芥川の長崎絶賛の言葉と理解しておきたい。早朝のミサに友人と出かけて、「僕も十字を切らうかと思つたが馬鹿馬鹿しいのでたゞひざまづきながらそばにゐる混血児の女の素敵な横顔を見てゐましたが……」などの記述は、ある意味、芥川らしくて面白い。

恋する場所

芥川龍之介の最晩年の著作『西方の人』のなかでは、つぎのようなことが述べられている。「日本に生まれた『わたしのクリスト』は必ずしもガリラヤの湖を眺めてはゐない。赤あかと実のつた柿の木の下に長崎の入江も見えてゐるのである」『西方の人』は芥川なりのイエス・キリストの評伝である。そこにおいてもなお、「長崎の入江」を意識しているのはどういうことか。それは芥川にとって終生、「長崎」が憧れの土地（場所）であったからに違いない。

前節で私は、芥川にとって「長崎」は恋する場所であったと述べた。芥川が長崎という土地（場所）に一種の憧れを抱いていたことは、つとに研究者たちの指摘するところであるが、私はここで「恋」という言葉に注目したい。「憧れ」は一種の「恋」だからである。「恋」（エロース）のことを語った哲学者にプラトンがある。世にいうプラトニック・ラブはプラトンに由来する言葉ではあるが、プラトンの場合はそれだけではない。プラトンの対話篇『饗宴《シュンポシオン》』や『パイドロス』では多彩な形での恋が語られている。『パイドロス』では「恋」は狂気（マニア）である」ともいわれているが、せんじ詰めれば、「恋」は「美」と対応する。「美しいものへの欲求」が「恋」なのである。場合によっては、何かにとり憑《つ》かれたかのように激しい情熱となるのである。また、それは芸術への衝動ともなる。芥川龍之介は長崎への恋衝動ゆえに南蛮キリシタンの作品を書いたのかもしれない。

要するに、芥川は「長崎」という「場所」に美意識を抱いていたのだと理解されるであろう。その美意識は生涯基本的には変わらなかったが、その程度や内容には幾らかの変容はあっただろう。長崎初遊以前は漠然とした憧れ、あるいは想像力を膨らませ美化した長崎だったかもしれない。いざ長崎に来てみると、新たな発見や出会いがその美意識を彩ったに違いない。

3　長崎初遊

作家専業後はじめての旅

芥川龍之介は旅を好んだ。旅はいうなれば、気分転換でもあった。明治四十五年（一九一二）四月初旬、富士の裾野を半周して大宮に至る旅行をする。八月中旬、木曽・名古屋方面を旅行する。これは高等学校のときである。大学三年生になる大正四年（一九一五）八月五日から二十一日まで高等学校の時の親友・恒藤恭《つねとうきょう》の故郷山陰の松江に滞在している。大正五年（一九一六）七月東京帝大英文科を卒業すると、八月十七日から九月上旬まで千葉県一ノ宮に久米正雄と滞在している。

大正八年（一九一九）五月、芥川龍之介満二十七歳。いよいよ憧れの長崎へ旅するわけである。同行者は菊池寛であった。同行者の菊池寛は後年つぎのように述べている（『半自叙傳』昭和五年刊・平凡社）。

「私は新聞社をよして初て、暇を得たので、芥川と一緒に旅行した。これは、私にとつても芥川にとつても記念すべき旅行だった。この旅行前にも芥川は、キリシタン物を書いてゐたが、この旅行に依って、更にこの方面の興味が加つたやうに思ふ」

芥川龍之介が海軍機関学校を辞め、大阪毎日新聞社に入社したのは大正八年三月であった。出勤の義務はなく、年何回かの小説を書くこと、他の新聞には執筆しない、稿料とは別に月給百三十円という条件である。二月には菊池寛も入社している。先の引用文のなかで、菊池が「私は新聞社をよして初て、暇を得たので」といっているのは、時事新報社社会部記者を辞めたということである。

芥川も菊池も作家専業となってはじめての旅行である。芥川には南蛮キリシタンものの作品があり、菊池には豊前国の青の洞門を開削した僧をモデルにした小説「恩讐の彼方に」がある。この旅行は二人にとって実りある取材旅行であったに違いない。菊池は長崎のあと、大分に回ったという説があるがはっきりしない（大谷利彦著『長崎南蛮余情』二五二頁）。

大正八年五月四日朝、特急列車で東京駅を出発した二人は、車中で文芸談話を交わす。体型も気質も作風も対照的な二人だったが、たがいに相手のことを気遣う親しい友であった。しかし、菊池は風邪による頭痛のため岡山で下車し、長崎到着は芥川より二日遅れることになる。芥川が長崎に到着したのは五月五日夕刻と推定される。宿泊先は長崎市銅座町の素封家永見徳太郎邸。永見徳太郎は江戸幕府時代以来の長崎の豪商永見家の人物で、長崎を訪れる画人や文人の世話を好んでする芸術愛好家であった。長崎の歴史文化に詳しく、美術品などの収集家であり、自ら写真や油絵をなし、文筆活動にも意欲をもつ人であった。芥川は画家近藤浩一路《こういちろ》を通じて永見徳太郎を知ることになったが、長崎文化の仲介者として最適な人の家を宿とすることになったのである。

長崎文化人との交流

永見徳太郎は明治二十三年（一八九〇）八月の生まれで、芥川より一年七カ月ほど年長。第一高等学校で芥川と同期生であった菊池寛は、寄り道した経歴のため芥川より三年九か月ほど年長の明治二十一年（一八八八）十二月の生まれである。芥川と菊池、それに永見の三人はほぼ同年代の人間といえよう。芸術家を優遇することで知られていた永見は、若い有望な文芸家の芥川と菊池を歓待した。芥川龍之介の写真アルバムとしてよく掲載される永見邸の庭先での四人の集合写真がある（写真1）。前列に腰を下ろした背広にネクタイ姿の芥川の容貌のなんと若々しいことか。菊池寛もスーツ姿なのでこれからどこかへ出かける前の写真であろうか。永見徳太郎は和服姿である。もうひとりの背広にネクタイ姿の紳士は、長崎高等商業学校教授の武藤長蔵である。武藤は明治十四年（一八八一）生まれ。当

写真１　大正８年５月、長崎永見邸にて。〈向かって左より、菊池寛、芥川龍之介、武藤長蔵、永見徳太郎〉

時、県立長崎図書館長・永山時英、長崎学者古賀十二郎とともに、長崎の三学者と呼ばれる人物であった。

芥川と菊池はこの滞在中、長崎図書館を訪れているので、その案内役が武藤長蔵だったのかもしれない。長崎図書館は永山館長の意向もあり、長崎文化人の集会所のような役割を果たしていた。長崎史会の事務局もそこにおかれていた。そのころ、長崎医学専門学校教授で長崎在住だった斎藤茂吉が、長崎図書館に出入りし、長崎史会の人々と交友したことはよく知られている。このとき、芥川と菊池が永山時英や古賀十二郎と面会したかどうかは定かでない。しかし、斎藤茂吉とは面会したのである。それは長崎図書館においてではなく、茂吉が勤務していた長崎県立病院においてであった。

芥川と斎藤茂吉

アララギの歌人斎藤茂吉の第一歌集『赤光《しゃっこう》』の初版（大正二年十月刊）を、若き日の芥川は読み、詩歌に対する眼をあけてもらったと大正十三年（一九二四）三月発表の文章のなかで述べている。『赤光』の「おひろ」や「死にたまふ母」などの連作には、恋や死をめぐる切ない、またあわれな思いが詠まれている。文芸の原形である詩情が詰めこまれたこの歌集に、芥川は文学への眼を改めて開かれた思いがしたのであった。

その作者が長崎で勤務していると聞いて勤務先に会いに行ったのであろう。来崎の翌月発表の菊池寛の随筆『長崎への旅』の記述によると、芥川と菊池の二人は浦上天主堂を見学したあと、斎藤茂吉に会いに行ったとある。二人はどのような話をしたか定かでないが、芥川と菊池の二人は茂吉とは初対面であった。長崎ではじめて出会った茂吉と芥川は、長崎人渡辺庫輔《くらすけ》を介しての接点ももっていた。

芥川は東京に帰ってから長崎の茂吉宛てに手紙を書いた。詩歌に対する眼をあけてくれた『赤光』の作者に、手紙を出さないわけにはいかなかったのだろう。その手紙は現存していないが、茂吉からの大正八年（一九一九）六月二日付の返信が現存している。長崎で初対面の折は、茂吉は勤務中の仕事のため、まともに応対できなかったことを詫びることからはじまる返信の内容は、懇切丁寧、友愛の雰囲気がでていて、その後の芥川と茂吉の親交を予感させるものがある。

異国趣味への関心の広がり

大正八年（一九一九）五月七日付の芥川の留守宅への絵葉書の全文を引用する。

「長崎へ来た　永見さんの厄介になつた　長崎はよい所にて甚感服す　支那趣味と西洋趣味と雑居してゐる所　殊に妙なり異人、支那人多勢ゐる町は大抵石だたみ　橋は大抵支那風の石橋　ロオマ旧教のお寺が三つある　皆可成大きい　昨日その一つ（大浦の）へ行きガラシーと云ふフランスの坊さんと小半日話したり　かへりに町を歩き掘り出しものをした故そちらへ送る　以上」

長崎に来て、町を歩いた印象が簡潔に述べられている。芥川の当初の長崎への関心はいわゆる南蛮趣味であったと思われるが、ここで支那趣味のことがでてくる。長崎は昔から中国との関連の深い場所で、その影響が町の所々に残っている。そのことは、実際に歩いてみてわかることである。このときの町歩きには、遅れて到着した菊池は参加していないと思われる。芥川ひとりが永見徳太郎かその周辺の人物に案内してもらったのであろう。

芥川の長崎初遊以前の関心は南蛮キリシタン文化にあっただろう。長崎に来て、中国文化も深く根付いていることを知るのである。芥川は「支那」としか呼んでいないが、今日の中国大陸のことである。古来、中国文化の日本に影響した度合いは大きい。芥川は中国の古典に親しみ、『西遊記』『水滸伝』などの物語も読んでいた。中国清代の短編小説集『聊斎志異《りようさいしい》』を出典としての作品も作っている。それは『今昔物語集』や「南蛮キリシタン文献」からその奇なる物語を作り出したのと同じである。

長崎は江戸幕府時代、唐人船の貿易で栄えていた。唐人屋敷も唐寺《とうでら》もある。それらは長崎においては、南蛮紅毛をも凌ぐ異国趣味だったのであり、芥川は肌でそのことを感じたに違いない。

「ロオマ旧教の可成り大きいお寺」が三つあることを紹介したあと、大浦天主堂でガラシー神父と小半日話したと書かれている。この時、ガラシー神父とどのような話をしたのか興味深い。芥川のキリシタンものの作品は本人のキリスト教への信仰とは無関係に、異国趣味、奇譚趣味といったものが作品制作の動機と考えられる。しかし、そうでもないという解釈もある（曺紗玉著『芥川龍之介とキリスト教』一九九五年・翰林書房刊）。

4　長崎再遊

二度目の長崎

大正八年（一九一九）五月の芥川龍之介初遊は六泊七日なのに対して、大正十一年（一九二二）五月の長崎再遊は二十日間ほどと滞在はやや長い。大正十一年四月二十五日朝東京を発ち、途中京都に滞在して長崎に到着する。『芥川龍之介全集』第二十四巻（一九九八年・岩波書店刊）所収の年譜は、五月十日消印の小穴隆一宛書簡をもとに「十日、この日までに、長崎に到着」とある。宿は渡辺庫輔自宅近くの本五島町「花廼屋《はなのや》旅館」である。長崎出立は五月二十九日と推定される。

初遊時に比べて再遊のときの材料は多い。たとえば滞在時の記録『長崎日録』などがあり、芥川に「最も愛された弟子」と呼ばれた渡辺庫輔との交流があり、丸山の芸者照菊のために描いた河童屏風がある。初遊時は永見徳太郎邸に滞在し、再遊時も永見邸で一日に一度は食事をしていた。それゆえ、芥川の長崎との関わりを論ずる場合、永見徳太郎のことは外せない。

永見邸を訪れた文化人たち

芥川が来遊した大正八年ごろが実業家として永見の絶頂期であったと考えられる。長崎を訪れる文化人は必ず永見の世話になった。永見は彼らのパトロン的な存在であった。大正時代に長崎市銅座町の永見家の客となった文化人の芳名録（「其日帖」と名付けられている）がある。そこには錚々《そうそう》たる人々の名前が記されている。そのなかから数件だけ例を挙げて述べてみる。

長崎医専教授として赴任した斎藤茂吉は大正六年（一九一七）十二月十八日、みぞれ降る日暮れ、長崎駅に到着した。

「あはれあはれ、ここは肥前の長崎か、唐寺《からでら》の甍《いらか》に降る寒き雨」

はこのときの歌である。翌年一月六日の夜、茂吉は地元の歌人会に招待され、地元の歌人のほか、郷土史家古賀十二郎とまだ十七歳の中学生だった渡辺庫輔と出会う。茂吉は長崎在任中しばしば永見邸を訪れ、永見夫人の手料理をいただくのを楽しみとしていた。

大正ロマンの画人竹久夢二が長崎の永見徳太郎邸を訪れたのは、大正七年（一九一八）八月末であった。その後、九月十日頃まで夢二は永見邸に滞在している。永見邸洋間での集合写真には徳太郎、夢二と地元の歌人三人のほかに茂吉が写っている。当時徳太郎二十八歳、夢二は三十四歳、茂吉三十六歳である。夢二は長崎来遊以前にも、長崎を題材にした絵を描いており、長崎情緒に憧れていた。当時、夢二は九州各地を放浪中であり、八月十四日は雲仙から島原にくだり、翌十五日夜に盆祭りのクライマックス精霊流しを見物している。永見邸を訪れたのはそのあとと推定されるが正確な足取りは不明である。夢二は永見徳太郎の手厚いもてなしに感謝して、のちに『島原港談・精霊流し』『長崎十二景』『女十題』などの絵を贈っている。

大正八年（一九一九）五月は芥川と菊池の来遊である。翌大正九年二月末から三月上旬にかけて歌人吉井勇が永見邸に滞在している。勇は明治四十年（一九〇七）夏の『五足の靴』以来の来遊だった。紀行文『五足の靴』は与謝野寛、北原白秋、木下杢太郎、平野万里とともに九州を旅行したときの記録であり、『東京二六新聞』に連載されたのだった。明治四十年吉井勇二十一歳、大正九年は三十四歳である。大正九年の滞在時、吉井勇歓迎歌会が長崎市大光寺でおこなわれ、斎藤茂吉、永見徳太郎ほか、多数の長崎歌人の参列があった。滞在中、勇は茂吉と毎晩のように丸山の料亭などで酒をともにしていた。『五足の靴』の旅をきっかけとして北原白秋や木下杢太郎が南蛮趣味の文芸を展開していくが、そのことが芥川の南蛮キリシタン文学に影響を与えたことは大いに考えられることであろう。

大正九年（一九二〇）十一月、斎藤茂吉とともに『アララギ』の歌人であり日本画家の平福百穂《ひゃくすい》が来崎。永見邸に一週間ほど滞在した。永見邸の庭で前列に百穂と永見夫妻令嬢令息の家族が座し、後列に斎藤茂吉、林源吉（郷土史家）、大久保玉珉（長崎在住の日本画家）が立ち並んでいる写真が現存している。

大正十年（一九二一）三月十六日、斎藤茂吉が長崎を去る。そして十月ヨーロッパ留学へ旅立つのである。茂吉は足掛け五年、満三年四カ月の長崎在任であった。そのあいだ、流感や肺炎などの病気に悩まされ、近くの温泉地などで療養生活もするが、長崎医専や県立病院の勤務のかたわら、地元歌人の育成にも努めた。長崎在住時の茂吉門下生のひとりが渡辺庫輔である。庫輔は茂吉から与茂平の号をもらったのであった。（写真２）

大正十年五月、徳富蘇峰夫妻が来崎。長崎の高級旅館上野屋に数日滞在する。徳太郎は五月十七日、徳富夫妻を自宅に招待し、手厚くもてなした。同年八月には、久米正雄、里見弴、宇野浩二、直木三十五、加能作次郎、佐々木茂索、片岡鉄平の一行が文芸講演会のため来崎した。このときの宇野浩二の回想紀行『昨今の長崎』によると、一行は永見家に招待され、美術品を鑑賞し、長崎料理の接待をうけたあと、徳太郎の案内で市内見物をしたということである。

大正十一年（一九二二）五月は芥川龍之介の長崎再遊である。九月十九日と二十日、白樺派の作家長与善郎が永見邸に二泊し、『青銅の基督』の材料となる南蛮鋳物師の物語を聞いている。

写真2　大正10年3月10日斎藤茂吉送別歌会。前列中央茂吉（38歳）、後列左より2人目渡辺庫輔（20歳）。〈松本武著『茂吉と長崎』短歌新聞社（昭和61年）発行による〉

大正十一年十月二十五日午後五時十五分着の列車で坪内逍遥《しょうよう》夫妻が来崎し、上野屋に投宿。新聞記事によると、静養かたがた雲仙の紅葉を鑑賞するためとある。翌二十六日は市内見物のあと、早大校友会の発起による歓迎会に臨む。案内人は早稲田大学出身で長崎在住の民俗学研究者本山桂川であった。二十七日は永見徳太郎の招待で永見邸を訪問し、収集品の美術品や長崎版画などを鑑賞し、昼食をともにしたのであった。

永見徳太郎が画人や文人を手厚くもてなしたのは、本人の財力と芸術愛好心によるところが大きい。しかし、その背景には長崎の歴史風土文化があるのではないか。それが個々の長崎人気質につながっているのかもしれない。芥川が長崎で関わった人物である永見徳太郎、渡辺庫輔、蒲原《かもはら》春夫、杉本ワカなどの人物像の背景をなす歴史風土文化などを一瞥しておくことも、「芥川龍之介の長崎」論にとって必要なことかもしれない。

5 長崎の歴史風土文化と長崎人気質

独特の文化をもつ自治都市

長崎の町は元亀二年（一五七一）、ポルトガル貿易港として開かれた町である。住民はほとんどがキリシタンであり、町のあちこちにキリスト教の教会が建てられ、港には黒船が停泊し、町中を南蛮人が往来していた。その港町の様子は南蛮屏風のなかにその一端がうかがえるであろう。

ところが、江戸時代になると、キリスト教禁教と鎖国の時代である。その時代、長崎は海外へ唯一開かれた窓であり、唐蘭貿易を独占して繁栄していた。天領であり幕府から長崎奉行が派遣されていたが、実質、町を運営していたのは町年寄以下の地役人《じやくにん》であった。地役人とは、地元に定住している町役人のことである。貿易都市長崎には色々な種類の役人がいて、その数は人口三、四万に対して二千人にも及んだという。

江戸時代、江戸、大坂、京都は三都と呼ばれる大都会であったが、異国貿易を独占する長崎の町は狭いながらも独特な町として位置づけられていた。唐人屋敷の唐人、出島の紅毛人、奉行所や目付屋敷の役人のほか、貿易港警備のため、情報収集のため、西国諸藩の蔵屋敷が設けられ、西国の武士たちが常住していた。異国交易の町には各地の商人や文人墨客の往来も頻繁であり、実際の人口以上の賑わいをみせていたのではないかと思われる。

江戸時代の長崎は地役人の運営する、いわば自治都市でもあった。それが故に地役人たちはそれなりの誇りをもっていた。また町の住人たちは貿易の利益の配分である竈銀《かまどぎん》や箇所銀《かしょぎん》の恩恵に与《あずか》る余裕のある人々だった。

大田南畝の長崎着任

江戸後期の文人大田南畝《なんぽ》は、岩原目付屋敷の役人として一年あまり長崎に勤務した。長崎在勤中の著述として「瓊浦雑綴《けいほざってつ》」「瓊浦又綴《けいほゆうてつ》」などがあるが、『大田南畝全集』（別巻を含めて全二十一巻・岩波書店刊）のいたる所に長崎関連事項の記述がある。南畝の時代、どれだけ長崎が関心のある重要な都市であったかを示唆するものである。南畝は長崎の地役人、たとえば、町乙名《おとな》や通事《つうじ》（詞）たちと親しく交わった。阿蘭陀《おらんだ》通詞あがりの学者志筑忠雄《しづきただお》や長州藩御用達の家に生まれた漢詩人吉村迂斎《うさい》の噂も聞いた。彼らは長崎に住む優れた長崎人だったのである。吉村迂斎は南畝がまだ長崎在勤中の文化二年（一八〇五）に死去し、志筑忠雄は南畝が江戸に帰任後の文化三年、その学識を惜しまれながら病死した。

大田南畝が長崎に着任して一カ月あまりの文化元年（一八〇四）十月十六日、江戸の息子定吉に宛てた手紙のなかに、興味ある文面があるので、その箇所を現代語訳して紹介しておこう（原文は『大田南畝全集』第十九巻所収二〇〇一年第二刷発行）。

「……長崎人は大坂人と同じく、人柄が柔らかく親切で、これは人が話していたのとはだいぶちがいます。子供たちはおとなしく喧嘩《けんか》などはいっさい致しません。当屋敷に乙名がふたり隔日に詰めておりますが、ふたりとも和歌を詠み書画を好む風流人です。珍しい書画や掛物をもって来て見せてくれます。江戸人のような不風雅、無沙汰の者はいっさいおりません。日本はいずれにしても、西のほうからひらけた国だということを、いまさらながらはじめて、心づいたしだいでございます」

江戸生まれ江戸育ちの大田南畝が、はじめて異郷の地大坂に勤務したのは、享和元年（一八〇一）から二年にかけてであった。南畝数え年五十三歳五十四歳である。そして、二回目の異郷の勤務地が長崎だったのである。幕府が置かれていた江戸が日本の中心地であるという意識は南畝のなかにあっただろう。しかし、大坂銅座に勤務してみると、その経済活動の流通ぶりに驚嘆するのだった。また、大坂は京都を含めて上方の文化の伝統が息づいているのに気付くのだった。

長崎に来てみると、そこは異国文化の町で独特な雰囲気があった。南畝は唐通事や阿蘭陀通詞から種々の情報を得る。唐通事を通じて、唐人屋敷の唐人たちと談話することもあった。唐船持ち渡りの書籍をいち早く閲覧できた。出島の阿蘭陀人の所ではコーヒーも味わってみた。ちょうど南畝が在任中にロシア全権公使レザノフの来航という事件も起こっている。南畝は梅ヶ崎宿舎でレザノフと数回面談し、長崎奉行所での最終交渉の場にも列席するのだった。大坂でも長崎でも南畝は異種の経験をしたが、持ち前の人懐こい性格の故か、当地の人々と親しく交流していた。また、超人的な筆まめの習慣が後世の人々に有益な資料を提供するのである。

南畝と交流のあった長崎人

先ほどの引用文のなかでの、「日本はいずれにしても、西のほうからひらけた国だということを、いまさらながらはじめて、心づいたしだいでございます」とは、南畝の率直かつ謙虚な感想であろう。「当屋敷に乙名《おとな》がふたり」のうちひとりは、本籠町乙名の田口保兵衛であろう。町乙名の加役（兼役）として岩原目付屋敷の詰番を務めていたのであろう。田口保兵衛は清珉と号し、和歌を好み書画を愛好する人物だった。長崎に遺《のこ》る書画骨董を南畝に紹介したり、文献の筆写、抄書を手伝ったりしてくれるので、南畝にとってありがたい存在だった。そのほか南畝が長崎で親しく交わった友人たちを挙げていくと切りがないが、三人だけ名前を挙げておこう。長崎会所の吟味役村上清次郎は、大坂銅座以来の知り合いで、南畝が長崎着任当初病臥していた折世話を焼いてくれた心強い存在だった。彭城《さかき》仁左衛門と游龍《ゆりゆう》彦次郎は南畝が長崎を去るとき、泊りがけで大村の宿まで見送りに来てくれた若い唐通事だった。彼らは南畝を父のごとくに慕っていて、彼らがそれぞれ江戸に出てきたとき、感激の再会を果たしたのだった。このように、昔から長崎人は人懐こく他所《よそ》の人に対して親切だったのである。

渡辺庫輔

大正八年（一九一九）、十一年（一九二二）に芥川龍之介が長崎に来遊したとき、長崎人に対してどのような感想を抱いたであろうか。大田南畝の来崎から百十五年、百十八年隔たっているが。

財にまかせて美術品を収集する永見徳太郎を羨ましく思ったかもしれないが、その親切心には感謝したであろう。渡辺庫輔に対してはどうか。渡辺庫輔とはじめて出会ったのはいつか。通説では大正八年芥川初遊時であるとされているが、おそらく、大正十年（一九二一）十一月、武藤長蔵の紹介状を携えて庫輔が上京したときであろう。大正八年五月、渡辺庫輔は門司の豊国《ほうこく》中学在学中で、長崎に居なかった可能性が高いからである。当時、庫輔は斎藤茂吉の影響もあり、森鷗外の史伝作品に関心を示していた。庫輔がまず会いたかった人は森鷗外であったが、実際に面会したのは芥川の方だった（大谷利彦著『続長崎南蛮余情』一一八頁以降参照）。

『芥川龍之介全集』の中で、「渡辺庫輔」がもっとも早い年月日で出てくるのは、大正十年十二月二日付の佐々木茂索宛書簡においてである。そのなかにつぎのようなくだりがある。「……この間渡辺与茂平先生が来て今代の活字本しか読まぬ事を痛歎してゐた。僕も活字本しか読まないが御つきあひに痛歎して置いた。与茂平は行年二十一才だが中々見上げた学者だね。長崎史の通はさる事ながら、歌俳の事にも精しい男だよ。あゝ云ふ人間がゐるのだから古瓦楼主人などもしつかりせぬといかん……」

「この間」とは、大正十年十一月、庫輔が上京して芥川と面談したときのことであろう。

数え年二十一歳の長崎の青年の学識に芥川は驚いたのである。この佐々木宛の手紙は芥川より年少の佐々木や古瓦楼主人（小島政二郎）を励ます意味で、驚くべき青年渡辺庫輔の例を挙げたのであろう。

渡辺庫輔も永見徳太郎も長崎の歴史風土が生んだ個性であったに違いない。渡辺庫輔は明治三十四年（一九〇一）一月九日、長崎市本五島町の生まれで、生家は和菓子屋であった。大正二年（一九一三）、県立長崎中学校に入学するが、途中から門司市大里《だいり》の私立豊国《ほうこく》中学校に転学する。豊国中学を卒業するのは大正九年三月である。

大正十一年、庫輔と共に芥川に師事するため上京する蒲原春夫も長崎中学校で庫輔と同級であったが、途中から熊本の私立九州学院に転学している。蒲原春夫は小説家志望であった。永見徳太郎もそうであるが、この種の長崎人は正規の学校制度にはなじめず、自分の好きな道をまっしぐらに進んでいくようなタイプの人間だったようだ。

郷土史家、古賀十二郎

永見徳太郎と渡辺庫輔の長崎郷土史の師匠であった古賀十二郎の存在は大きい。芥川が数え年二十一歳の青年渡辺庫輔の学識に驚いたのは、庫輔が同じ町内（本五島町）出身の古賀の勉強ぶりを見、また少年のころより古賀に学び、その薫陶を受けていたからではないかと思われる。芥川は庫輔が「今代の活字本しか読まぬ事を痛歎してゐた」と書いているが、歴史研究の基礎としての古文書解読の学力を、庫輔がすでに備えていたことを意味しているのであろう。あるいは和歌や俳諧にしても半切や短冊に書かれた崩し文字もすらすらと読める能力をもっていたのではないか。そういう学芸の雰囲気が長崎には伝統的にあったのだと理解したい。その象徴的存在が古賀十二郎である。

古賀十二郎は明治十二年（一八七九）五月、長崎の本五島町に生まれた。明治三十年（一八九七）長崎商業学校を卒業し、東京外国語学校英語学科に入学。明治三十四年同校を卒業のあとも研究をつづけるが、明治三十六年（一九〇三）広島中学に赴任する。古賀十二郎が長崎郷土史の勉強を本格的にはじめたのは、明治三十九年（一九〇六）、広島中学を辞任して帰郷してからではないかと思われる。

特異な歴史をもつ長崎には、江戸幕府時代から『長崎実録大成』などの歴史書があった。明治になり、長崎区長も勤めた役人であった金井俊行《かないとしゆき》の『長崎年表』（明治二十年編集）や金井の遺稿となった『増補長崎略史』（明治三十年編集）がある。しかし従来の長崎史研究は主に和漢の文書を史料とするものだった。そのなかにあって、古賀十二郎の西洋語の文献も交えての研究は新鮮なものとなった。むろん、従来の歴史研究のように古文書の解読や墓碑など金石文の探索も伝統的な手法であった。

長崎文化の伝道者、永見徳太郎

永見徳太郎は市立長崎商業学校の卒業と伝えられてきたが、正確には、長崎市東山手の私立海星商業学校に入学するも一年限りで中退、大阪方面へ遊学したようである。若いころの彼には正規の学校が合わなかったらしく、趣味道楽の学芸（たとえば絵画、写真、文芸など）の道を追究する人であったといえようか。のちに長崎での実業の道を捨てて東京へ出て行くと（大正十五年三月）、南蛮美術や長崎版画などを出版し、舞台写真や文筆方面での活動のほかラジオ放送などにも出演し、今日のタレントのような活躍をする。東京に出てからの永見徳太郎は長崎文化の伝道者のような役割を果たしたといえようか。

大正時代、来訪する文化人を接待したころの永見のことはよく知られていたが、東京へ出ていってからどうだったのか、あまり知られていなかった。東京へ出てからの業績については、大谷利彦氏が綿密に調査されている（『続長崎南蛮余情』）。それによると、中央の雑誌などにさかんに長崎文化に関する文章を発表している様子がわかる。今日永見徳太郎の著書として復刻版が出て入手しやすいものは『南蛮長崎草』（大正十五年十二月刊）と『長崎の美術史』（昭和二年十一月刊）である。それを読むと、最終的には古賀十二郎に連なる伝統的な長崎文化史研究の影響が見てとれるのである。

戦中戦後の諸事情は永見徳太郎にとって不如意だったらしく、東京を引き払い、昭和十五年（一九四〇）湯河原へ、昭和十九年（一九四四）熱海へ転居する。晩年は経済的にも困窮していたというような話も伝わっているが、実情はどうだったかわからない。かつて長崎銅座の殿様といわれたような財産は彼にはなかっただろうが、学芸への情熱は最後まで失わず、和歌の制作や南蛮美術の研究に没頭していた。しかしついに、かつて華やかだった長崎のことを思いながら、熱海の海に入水自殺したと伝えられている。昭和二十五年（一九五〇）十一月二十日と推定される。

しかし、永見徳太郎の後半生は昭和二年（一九二七）七月二十四日に服薬自殺を遂げた芥川龍之介とは関わりのないことだった。なにしろ、永見の死は、芥川の死後二十数年後のことであるから。大正十四年（一九二五）秋から冬にかけてのころ、永見徳太郎は上京し、東京転住の準備をした。その際、芥川宅を訪れて、一家をあげて東京転住の話をした。永見が訪れた際、「……何のおかまいもせず恐縮に存じて居ります。……」との、十一月五日付の永見宛芥川の手紙が残されている。ちょうどそのころ、芥川は新年号の原稿のため多忙だったと書いている。

6　南蛮キリシタンもの

芥川長編作品は実現しえたか

『芥川龍之介全集』を繙《ひもと》くと、この作家が多様な作品を発表していることがわかる。著名な作品もあり、あまり知られていない作品もある。歴史小説もあり、現代小説もある。文体の面で工夫を凝らした作品もある。生前の単行本に収められなかった作品もある。それは作者自身が出来栄えに不満を抱いていたからであろう。芥川には長編作品がないといわれているが、長編の試みがなかったわけではない。

たとえば、「偸盗《ちゅうとう》」はどうだろうか。大正六年（一九一七）の作品で、作家年代としては初期の作品である。生前の単行本には収められず、芥川としては書き直すつもりがあったようだが、長編の可能性があった作品のようにも思える。大正七年十月より十二月にかけて『大阪毎日新聞』と『東京日日新聞』に連載された「邪宗門」はどうだろうか。何度も中断されながら結局未完に終わった作品である。これも長編になる可能性があった作品であろう。この作品は未完結ながら、後年（大正十一年十一月）春陽堂より単行本として刊行されている。その理由として「一に書肆の嘱により、二には作者の貧によるのである」と芥川は述べている。そのことに関連して、長崎再遊中（大正十一年五月）に芥川が新潮社の中根駒十郎に三百円の融資の手紙を送っていることが思い合わされる。

大正八年（一九一九）六月末から八月はじめにかけて「大阪毎日新聞」に連載された『路上』も未完に終わり、生前の単行本にも収められなかった。文科大学生を主人公とする作品で、芥川の大学生のころを彷彿させる、いわば青春像が描かれようとした作品で興味をひかれるが、完結しなかったのは残念である。これらのことから、芥川は短編作家で長編には不向きであるとの評があるのかもしれない。しかし私は、芥川龍之介が三十五歳の不幸な死にかたをせず、四十歳、五十歳の年代になったら、堂々たる長編作品ができただろうと想像するのである。『新潮日本文学アルバム　芥川龍之介』のエッセイのなかで、丸谷才一が芥川を「完璧なマイナー・ポエット」と規定していることには、私は不賛成である。芥川龍之介は多彩な可能性をもった作家だったといいたい。

南蛮キリシタンものと長崎

しかし、私たちの当面の課題は「芥川龍之介の長崎」論である。その際、作品としては南蛮キリシタンものが主な対象である。以下、南蛮キリシタンものの作品をみていこう。

芥川龍之介の南蛮キリシタンものの作品と芥川の長崎初遊と再遊の関連をみてみたい。初遊時の大正八年五月以前の作品にはつぎのようなものがあげられる。『煙草と悪魔』（大正五年十一月）『尾形了斎覚え書』（大正六年一月）『さまよえる猶太人』（大正六年六月）『悪魔』（大正七年六月）『奉教人の死』（大正七年九月）『るしへる』（大正七年十一月）『きりしとほろ上人伝』（大正八年三、五月）。

以上はすべてキリスト教に関係する作品なので、まず、芥川とキリスト教の関係をみておく必要があるだろう。芥川の最晩年の著述『西方の人』の冒頭にはつぎのように述べられている（昭和二年八月一日発行『改造』に発表。七月二十四日死去の芥川であるが、実際は発行日以前に雑誌は出ているので、生前に芥川はこの掲載誌を読んでいた）。

「わたしは彼是《かれこれ》十年ばかり前に芸術的にクリスト教を――殊にカトリック教を愛してゐた。長崎の『日本の聖母の寺』は未だに私の記憶に残ってゐる。かう云うわたしは北原白秋氏や木下杢太郎氏の播《ま》いた種をせっせと拾ってゐた鴉《からす》に過ぎない。それから又何年か前にはクリスト教の為に殉じたクリスト教徒たちに或《ある》興味を感じてゐた。殉教者の心理はわたしにはあらゆる狂信者の心理のやうに病的な興味を与えたのである。わたしはやつとこの頃になつて四人の伝記作者のわたしたちに伝へたクリストと云ふ人を愛し出した。……」

『西方の人』にいたるまでのキリスト教およびそれに関連する作品の経過を述べた文章である。『奉教人の死』や『きりしとほろ上人伝』はクリスト教の為に殉じたクリスト教徒を描いた作品であろう。芥川は実父新原敏三が経営する耕牧社の使用人だった室賀文武との交渉や若いころの友人たちへの書簡などから、年少のころから聖書を読み、キリスト教に関心を抱いていたことが指摘されている。また、文壇に登場する以前の習作にも聖書を題材とした作品がある（葛巻編『未定稿集』所収）。

キリスト教のもつエネルギー

当時の青年たちの教養として、キリスト教への関心は一般的なものであり、芥川の場合もその範疇のものだったという説がある。私はキリスト教に限らず宗教自体に局外者であるが、キリスト教の伝播力というか普及力というかそういったエネルギーの凄まじさを歴史の勉強の中で感じることがある。ユダヤの民族宗教であったものが、ローマ社会のなかで世界宗教に拡大していったのである。ちなみに「カトリック」という言葉は「普遍」とか「全体」という意味であるが、個別的な一民族宗教が全体的な普遍的な宗教になったということであろう。天文十八年（一五四九）、フランシスコ・ザビエルによって日本に布教されたキリスト教は、短期間のうちに日本各地に広まった印象がある。為政者たちはその勢力（エネルギー）を恐れて禁教に踏み切ったのではなかろうか。

明治の代になりキリスト教禁令が廃止になると、旧教（カトリック）新教（プロテスタント）問わず、キリスト教の活動は盛んになる。芥川の青年時代、キリスト教に関わる事柄（それは聖書を含めて）は、常識となっていたのではなかろうかと思われる。その普及のエネルギーの源《みなもと》はなにかと私は考えることがある。

キリスト教の教えの基本は愛の思想（隣人愛、人類愛）であろう。また、罪（原罪）と救いの問題もある。さらに、いわば彼岸主義の思想があると私は思う。彼岸主義とはこの世の世界だけが世界ではない、理想的な神の国あるいは天国を意識することである。それを信じるが故に奉教人（信者）たちは敢えて殉教もしたのであろう。「人はパンだけで生きるものではない」（マタイ伝）、「わたしたちは見えるものではなく、見えないものに目を注ぎます。見えるものは過ぎ去りますが、見えないものは永遠に存続するからです」（コリント人への手紙2）。これらの言葉も彼岸主義から述べられているのであろう。私は新約聖書の思想、とくに使徒パウロの思想には、ギリシアの哲学者プラトンのイデア論（理想主義・彼岸主義）の影響がみられると思うが、どうだろうか。

新約聖書の福音書はイエス伝であり、それらはなにかしら文学的色彩に富んでいる。芥川のみならず、多くの文芸家がそれに注目したであろう。芥川は『未定稿集』に含まれる習作のなかでイエス伝をいくらかなりとも試みた。そして、最期の著作となった『西方の人』『続西方の人』は芥川流のイエス伝だったのだと理解したい。

初期のキリシタンもの

芥川長崎初遊以前のキリシタンものについてみてみよう。私はこれらを読み、いくつかのことを考えてみた。これらの作品は芥川文学の分類からすれば、南蛮キリシタンものとされるのであろう。だが、もっと大きな視点からすれば、歴史小説である。そうした場合、私はいくらか親しんできた森鷗外の歴史小説と比較してみたくなる。解釈や説明的記述が目立つのも共通している。文献資料をちらつかせるなど、衒学《げんがく》趣味なのも似ている。芥川の歴史小説はあるいは鷗外作品の影響を受けているのかもしれない。

大正十五年（一九二六）一月発表の随筆『風変わりな作品二点に就て』と題した随筆において、芥川は『奉教人の死』と『きりしとほろ上人伝』の二点を挙げて紹介している。なにが風変わりなのか。自分の小説は大部分現代語で書かれているが、この二作品は「文禄慶長のころ、天草や長崎で出た日本耶蘇会出版の諸書の文体に倣って創作したものである」と述べている。『奉教人の死』は口語訳平家物語に、『きりしとほろ上人伝』は伊曾保物語にということである。文体の面で変わっているとすれば『尾形了斎覚え書』もそうであろう。古文書の覚書の候文であり、ある論者が指摘するように、鷗外の歴史小説『興津弥五右衛門の遺書』との関連も興味深い。鷗外の作品は乃木殉死事件に触発されて書かれ、乃木将軍の遺書の文面を取り入れてできあがった作品であるが、『尾形了斎覚え書』はどのような出典に拠ったのだろうか。新村出著『南蛮記』所収の資料に拠ったとの説もある。

『奉教人の死』は芥川のキリシタンもののなかでも名作といわれる作品である。この作品のクライマクスの「刹那の感動」を宗教的ととらえるか、審美的ととらえるかが問題となるところだが、私はこの作品の舞台が「長崎」であることに注目したい。芥川がまだ実際に長崎という土地を経験していない段階の作品なので、長崎という町を想像して書いているわけである。それは習作『ロレンゾオの恋物語』の場合と同じである。『ロレンゾオの恋物語』の場面では、「黄色き窓かけをかけたる酒場の窓は暗き長崎の入江にのぞみて、……」という叙述があった。夜の酒場の外の情景なので、「暗き長崎の入江」という表現がされているわけである。『奉教人の死』の場合はどうか。「日本長崎の『さんた・るちや』と申す『えけれしや』(寺院)に」「……うなだれて歩む『ろおれんぞ』ののかなた、長崎の西の空に沈もうず景色であつたに由つて、……」「町はずれの非人小屋に起き伏しする、……」「一夜の中に長崎の町の半ばを焼き払つた、あの大火事のあつた事ぢゃ」などの叙述がみられる。この作品発表から八カ月後の長崎初遊時、芥川は長崎の町をどう見たであろうか。

長崎の大火

大正九年(一九二〇)四月発表の随筆『一つの作が出来上がるまで』の中で、『奉教人の死』の火事のところについて語っている。火事のことは予定になかったが、「書いてゐるうちに、その火事の景色を思ひついてそれを書いてしまつた。火事場にしてよかつたか悪かつたかは疑問であるけれども」と述べている。この作品に火事の場面はやはり必須のことであろうと、私は思う。芥川はこの作品の末尾で、「記事の大火なるものは、『長崎港草』以下諸書に徴するも、その有無をすら明にせざるを以て、……」と述べている。

長崎の火事で著名なのは寛文三年（一六六三）三月の大火である。町の大部分が焼けてしまい、これを機に長崎の町の区画が新たに整備されたのである。しかし、このときはすでに長崎のキリシタンの教会は破壊されたあとの年代となるので、それ以前の火事の記録を探っていくと、慶長六年（一六〇一）十月二十七日の火事があげられる。このときは興善町の一老人の家から出火、ミゼリコルディアの堀から岬の教会の手前まで全焼、当時の町の大部分が焼失したのである。八日前に完成し、献堂式がおこなわれたばかりの岬の教会は、奇跡的に風向きが変わり、難をのがれたという（マトス書翰）。『奉教人の死』は虚構の作品なので、なにも事実と突き合わせる必要はないが参考にはなるだろう

『煙草と悪魔』の煙草畑の場面はどこだろう。それはどこでもよく、日本のどこかの、しかしそれは南蛮人が渡来した西南の地のどこかであればよい。現在、長崎県には平戸市と長崎市にそれぞれ、「日本最初たばこ種子渡来之地」「烟草初植地」の石碑が建っている。そのあとも「長崎煙草」は長崎名産品のひとつとなり、江戸、大坂まで広く親しまれたと、長崎市桜馬場町の石碑の傍らの説明版には書かれている。

『煙草と悪魔』と同時に別の雑誌に発表された芥川の歴史小説『煙管《きせる》』では、加賀百万石の城主前田斉広が愛用の金無垢地の煙管に詰めるのは、匂いの高い「長崎煙草」であったと記され、この作品には何回か「長崎煙草」の文字がみられ、芥川は何かと「長崎」を意識していたような感じである。

初遊後のキリシタンもの

芥川の長崎初遊のあと、長崎再遊（大正十一年五月）までに書かれた南蛮キリシタンものの作品は以下のとおりである。『じゆりあの・吉助』（大正八年九月）、『黒衣聖母』（大正九年七月）『南京の基督《キリスト》』（大正九年七月）『秀吉と神と』（大正九年八月）『神神の微笑』（大正九年八月）『報恩記』（大正十一年四月）。長崎初遊と再遊の間に、芥川の中国旅行（大正十年三月〜七月）がある。中国は唐船貿易、華僑の居留など長崎と関連する土地なので考慮に入れておくべきであろう。

『じゆりあの・吉助』は長崎郊外浦上村の隠れキリシタンの物語である。長崎初遊の折、永見邸で聞いた話が材料になっているのかもしれない。『黒衣聖母』にでてくる蒐集家田代君や新潟県のある町の稲見という素封家が永見徳太郎を思わせ、永見にもそのようなことを書いた文章があるが、当否のほどは定かでない。『南京の基督』はいろいろと問題を提起した作品であるが、この作品制作のときまでに芥川自身南京も中国も訪れたことはない。谷崎潤一郎の紀行文『秦淮の夜』を材料としているのである。大正十年（一九二一）に実際、中国旅行で南京を訪れてどう思っただろうか。また、長崎の中国趣味との関連をどう考えたか興味をひかれる。

『秀吉と神と』は掌編。秀吉の矛盾と傲慢さのひとコマを描いた作品。『神神の微笑』は京都南蛮寺の司祭オルガンティノと日本古来の神々を対峙させた作品。これなどを読むと、芥川はキリスト教の信仰に入るタイプの人間ではなく、あくまでもひとりの懐疑論者だったのではないかと思われるが、どうだろうか。『報恩記』は黒澤明監督の映画『羅生門』の原作となった『藪の中』と同じ手法を使った作品である。真実はまさしく「藪の中」であり、証言者の発言は読者を迷わせるのである。

再遊後のキリシタンもの

芥川長崎再遊以後の南蛮キリシタンものの作品は以下のとおりである。『おぎん』（大正十一年九月）『おしの』（大正十二年四月）『糸女覚え書』（大正十三年一月）『誘惑』（昭和二年四月）。『おぎん』は長崎郊外浦上山里村のキリシタン宗徒の娘おぎんの棄教に至る話である。芥川は長崎滞在中にこの小説の着想を得たのだと永見徳太郎は述べている（大谷著参照）。

『おしの』は南蛮寺を尋ねてきた武家の未亡人おしのを登場人物とする物語。十字架に架けられたキリストの言葉「わが神、わが神、何ぞ我を捨て給ふや？」を神父の口から聴いたおしのは態度を一変させ、「さう云ふ臆病ものを崇める宗旨に何の取柄がございませう」といい残し、南蛮寺を去っていった。「僕は千九百二十二年来、基督教的信仰或は基督教徒を嘲る為に屢短篇やアフォリズムを艸《そう》した」（『ある鞭、その他』）という芥川の記述がある。『おしの』という作品もそのひとつか。『糸女覚え書』は細川ガラシャに仕えた侍女糸（虚構の人物）が語るガラシャ夫人の最期の場面の記述である。糸女の主観ではガラシャ夫人は否定的に描かれている。『誘惑』は芥川が晩年に試みたシナリオである。

7　芥川来遊の頃の長崎

長崎滞在の書簡

大正八年（一九一九）五月、芥川初遊のときの直接の材料は長崎滞在中、芥川が出した手紙以外あまりない。五月七日付留守宅への手紙は先に紹介した。五月十日付松岡譲宛の手紙には「長崎へすんでギヤマンを集めたり阿蘭陀皿を集めたり切支丹本を集めたりして暮らしたくもなったよ　／今宿《と》まつて居る家は長崎の旧家で□画□幅を蔵してゐる、藍田叔の絵巻などすばらしい」とあり、五月十日付江口渙宛菊池寛との寄書の絵葉書には「瑠璃燈のほのめく所支那人来たり女を買へとす、めけるかも　／　芥川の長崎洋行談にアテラレヌやう今から警戒して置きたまへ　菊池寛」と書かれている。

この旅に芥川と同行した菊池寛の『長崎の旅』は先に引用したが、つぎのような丸山遊郭見物の一節もある。「傾国の美人が揃って居るかと思ったら、天草あたりの漁師の娘らしい鬼とも組まんず式の女ばかりであるのには驚いた」

昭和八年（一九三三）、このときの旅を回想した文章ではつぎのように述べている。「長崎の港へは十数年前芥川と一しょに、永見徳太郎氏を訪ねて行ったが、永見夫人が美しい人であったのと、港が青葉の山々に囲まれた美しい港であったことが今でも忘れられない」

明治大正期の長崎文壇

大正八年（一九一九）に芥川が来たころの長崎の状況はどうだったか。さきに江戸幕府時代の長崎の歴史風土については述べた。明治大正期はどうだったか、少し述べてみよう。私は明治三十七年（一九〇四）発行の「九州旅行地図」を所持している。それによると長崎市の人口十五万七千余に対して、福岡市七万七千余、熊本市五万九千余である。九州の中ではずば抜けて繁華な都市であったことがうかがえる。大正九年（一九二〇）の統計資料によると、長崎の人口は二十三万三千人であり、これは東京、大阪、神戸、名古屋、京都、横浜に次ぐ全国七番目である。江戸幕府時代の貿易港の伝統がまだ町の雰囲気のなかにあったと思われる。明治になって三菱という企業の城下町としても繁栄していたし、外国人居留地の余韻もあった。東京生まれで東京育ちの芥川は異国情緒の町に感服したが、日本の西の外れにこのような繁華な町があったのかという意外の感をもったかもしれない。

明治二十年代の文壇で、小説や文芸批評で活躍し、森鷗外との舞姫論争で知られる石橋忍月（本名友吉）は、明治三十二年（一八九九）六月長崎の裁判所判事として赴任する。これは奇しくも森鷗外の小倉転勤と同じ時期である。鷗外は二年九カ月後の明治三十五年（一九〇二）三月東京に帰任するが、忍月は終生長崎に住みつづけ、大正十五年（一九二六）二月一日死去する。数え年六十二歳、満六十歳四カ月であった。忍月の三男で文化勲章受章の文芸批評家山本健吉（本名石橋貞吉）は、つぎのように記している。

「よそ物に対して分け隔てせず、居づらい思いをさせない空気が、長崎にはあるらしい。私の父が、東京で少しは文名を知られながら、ここへ来ると死ぬまで居ついてしまったのも、長崎の土地柄がらのせいだと思われる」（『週刊朝日』昭和四十一年二月十八日）。

確かにそうかもしれない。長崎は異国交易で栄えた港町である。異国人やよそ者を温かく迎える雰囲気が伝統的にある。その雰囲気が忍月を終生長崎に住まわせたのかもしれない。しかし他面、忍月には都落ちの感覚はなかったと思われるのである。

忍月は一年足らずで判事を辞め、弁護士に転業する。繁華な都市であり、控訴院《こうそいん》（現在の高等裁判所）もあり、弁護士稼業の忍月にとっては需要も多かった。忍月は東京にいるときもまた金沢にいるときも、新聞ジャーナリストであった。当時長崎には、『鎮西日報』『長崎新報』（後の『長崎日日新聞』）『九州日之出新聞』『東洋日之出新聞』『長崎新聞』などがあり、新聞ジャーナリズムも盛んであった。忍月は『長崎新報』（『長崎日日新聞』）の主筆並の待遇で文章を書いていた。史伝作品を連載したこともあった。

忍月の長崎時代を特徴づけるのは政治活動であり、市会議員、県会議員を歴任し、政友会から衆議院選挙に出馬したが落選した。ちなみに、かつて『東京二六新聞』の主筆を勤めた鈴木天眼は、忍月とライバル関係にあったが、衆議院選に当選している。鈴木天眼は長崎に来て『東洋日之出新聞』の社主となり、孫文の中国革命を支援した。天眼も西郷四郎も宮崎滔天《とうてん》も、また孫文も、長崎を中国革命の前衛基地と考えていたのである。

これらの事柄が明治大正期の長崎の状況であろう。芥川龍之介が訪れた大正時代の長崎には、ある種の華やかさがあったと思われるのである。長崎総合科学大学教授のブライアン・バークガフニ氏の編著になる秘蔵絵葉書コレックション『華の長崎』（二〇〇五年・長崎文献社刊）は当時の長崎の華やかさ、賑やかさをビジュアルに示してくれる書物であろう。

8　長崎での風流な生活

長崎再遊

大正十一年（一九二二）五月、芥川長崎再遊時は材料が比較的豊富である。『芥川龍之介全集』第九巻に収められている『長崎日録』『長崎小品』『長崎』は、大正十一年長崎滞在中に書かれた文章である。とくに『長崎日録』は滞在中の日記である。さらに、第二十三巻所収『蕩々帖』と『手帳4』がある。『蕩々帖』は長崎再遊前後のメモである。『手帳4』には大正十一年長崎滞在中のメモが含まれている。

大正八年（一九一九）五月初遊のときは、芥川は専業作家になったばかりで、まだ新進の感じがあった。大正十一年になると、文芸界の人気作家ともいうべき存在になっていたと思う。それが何故、長崎へ遊学旅行をしたのか。それも途中京都に寄ったことなどを入れると、一カ月あまりの旅である。大正十年（一九二一）に四カ月ほどの中国旅行をしているが、これは大阪毎日新聞社から派遣されたいわば業務である。長崎への旅はやはり再び長崎を訪れてみたいという芥川の強い希望の故だったと思われる。この旅は仕事上の拘束は一切なし、気分転換の旅だったのかもしれない。

大正八年長崎初遊と大正十年中国旅行のあいだに、芥川にはある衝撃的な出来事があったとされる。それは芥川自殺の時の遺書に記されている人妻秀しげ子との不倫事件である。芥川は秀しげ子につきまとわれ、また罪の意識に悩まされていた。当時の刑法からすると姦通罪にもあたいするような事件であった。芥川はそのことを悩みとしていた。だが、遺書にはまた、「僕は支那へ旅行するのを機会にやつと秀夫人の手を脱した」とあるので、その件は一応解決したのだろう。中国旅行から帰った年の十月、三週間ほど湯河原にて静養した。そして、翌十一年四月二十五日、東京を発つ。京都では親友恒藤恭と交遊する。

五月十日、長崎に到着。長崎での記録はいずれも享楽的な印象を受ける。晩年の芥川の暗いイメージは一切ない。長崎で交遊した主な人物は永見徳太郎（夏汀）のほか、渡辺庫輔（与茂平）、蒲原春夫、杉本ワカ（照菊）である。

寺町の道具屋を見て歩く。永見の家で収蔵の美術品を見せてもらう。富久屋で梅若の能を鑑賞する。大音寺や清水寺などのお寺巡りをする、丸山の待合たつみで遊ぶ。早朝、大浦天主堂のミサに与《あずか》る。丸山の鶴の家で飲食する。以上の事柄は『長崎日録』に記されていることである。同行者は庫輔であり、蒲原であった。この年の九月、庫輔と蒲原は芥川を慕って上京し芥川に師事する。

大正十一年六月一日発行の『婦女界』に『長崎（日本十二名所の六）』の表題で発表した『長崎』は、一部は『手帳4』に記されたメモも含まれているが、長崎の初夏の情景を並べた叙景詩のようなものである。そこには春の長崎の風物詩である菱形の凧（長崎ではハタと呼ばれる）、眼鏡橋、南京寺、中華民国の旗などと並んで、斎藤茂吉、永井荷風、北原白秋などの名前もでてくる。かつて長崎の叙景詩を詠み、歌い、述べた人たちを思いつくまま記したのであろう。

馴染みの芸者、照菊

丸山の芸妓照菊《てるぎく》（杉本ワカ）とは、『長崎日録』五月十八日の条では、庫輔と蒲原も同席して、旧高島秋帆の別宅で料亭となっていた「たつみ」で会ったとなっているが、五月十四日、小島の富久屋（鳳鳴館）で梅若の能を見に行ったあと、庫輔と今様を作り、芥川は『泥烏須《デウス》如来は忘りよとままよ、月の照菊忘られぬ』と詠んだと、後に庫輔は述べているので（『朝日新聞』昭和三十年五月二十五日）、長崎に来た当初から馴染みとなり、しかも気に入った芸者であったと思われる（写真3）。

照菊は「結城縮みに八反の帯を締む。東京の芸者と異なる事多し」と記されている。「東

写真３　丸山芸者照菊（杉本ワカ）。〈長崎歴史文化博物館蔵〉

京の芸者と異なる事多し」とはどういうことだろうか。照菊は芥川と同じ明治二十五年（一八九二）三月の生まれ、当時満三十歳。女ざかりの芸者であった。東京の芸者とは違う、やはりこれもなにか長崎らしさを芥川は感じたのであろうか。

照菊は当時としてはやや年増芸者ではあるが、その落ち着いた気品を芥川は気に入ったのかもしれない。照菊こと杉本ワカは明治三十五年（一九〇二）三月、丸山町三十五番地、和田イワの養女となる。そして、丸山の和田「菊の家」から白菊と名乗って芸妓となった。舞子さんのような幼い芸子であっただろう。十三歳頃と推定される杉本ワカの少女時代の写真も残されている（『長崎のこころ』所収、平石義男著「芥川龍之介と河童屏風」参照）。大正三年（一九一四）、「菊の家」の養母イワが死去し、ワカは杉本家にもどり、杉本姓を名乗り、照菊と名を改め自前の一本立ちとなった。芥川と出会ったころは、芸妓としての年輪を重ね、芥川の風流にも立派に付き合える女性になっていたのだと理解したい。

『長崎日録』五月二十二日の条にはつぎのように記されている。「夜、数人と鶴の家に飲む。林泉の布置、東京の料理屋に見ざる所なり。春夫酔ふ事泥の如し。妓の侍するもの、照菊、菊千代、伊達奴等。戯れに照菊に与ふ。／萱草《かんぞう》もさいたばつてん別れかな」末尾の俳句については、『蕩々帖』では「お若さんの庭に萱草の花あり／萱草も咲いたばつてん別れかな／別る丶るや真桑も甘か月もよか」と記されている。照菊は現在の大崎神社近くにあった置屋「菊の家」の自前芸妓で、丸山町五番地の鹿島屋の離れに住んでいた。

萱草は夏にユリに似た色の花を咲かせる植物である。お若さん（杉本ワカ）の所に、せっかく、綺麗な橙色《だいだいいろ》の花が咲いたけど、いよいよ別れですね、というような意味であろうか。萱草は「忘れ草」の意味もあるのだが、ここではせっかく見事な花が咲いたばかりなのに、という意味がいいと思う。あるいは、忘れ草の異名があるけれどあなたのことは忘れないよ、という意味にとるべきか。「……月の照菊忘れられぬ」の今様といい、この俳句といい、芥川は長崎流の風流を楽しんでいるのであろう。

河童絵の銀屛風

杉本ワカには、二曲半双の銀屛風に河童の絵を描き、「橋の上ゆ胡瓜なぐれば水ひびき、すなはち見ゆるかむろのあたま」の画賛をしたためて贈ったことは有名である。銀屛風は照菊が十五円で作らせておいて、芥川に書いてもらうつもりでいたのである。芥川は永見徳太郎のところから墨と筆を借りて一気に描きあげたのだった。

「お若さんの為に　我鬼酔筆」の署名も印象的である。芸者名の「照菊」ではなしに、本名の「お若さん」と記したところにも、芥川の思いが込められているのかもしれない。この河童の絵は芥川の残した河童絵のなかでも最高の作とされ、しかもこの河童は女性なのである。

杉本ワカはのちに長崎の博物館にこの河童銀屛風を寄贈する。現在も毎年、この銀屛風は芥川の命日七月二十四日の「河童忌」前後のあいだ、長崎歴史文化博物館に展示されて、「芥川龍之介の長崎」を偲ぶよすがとなっている(写真4参照)。

杉本ワカは芥川が帰京のあとも交流がつづき、『芥川龍之介全集』には杉本ワカ宛の芥川書簡が二通ある。一通は大正十一年(一九二二)六月二十四日付、長崎名産の枇杷を送ってもらった御礼状である。一通は大正十五年(一九二六)三月十一日付、神経衰弱などで体調を壊していた芥川への見舞状への返信である。

平石義男氏が照菊の妹分・菊千代(田沢ハマ、明治三十八年十一月生まれ)から後年取材した話では、大正十三年(一九二四)五月二十七日、東京の歌舞伎座で清元の記念公演があり、照菊や菊千代も上京して出演したという。「公演が済み、田端の芥川先生のお宅を訪ね、近くのセイヨウケンで食事をしたことがありました。また、芥川先生から当時は珍しい自動車で上野へも連れて行かれました」と田沢ハマは述べている。

杉本ワカは妓籍を引いたのち、昭和八年(一九三三)から料亭菊本を経営した。戦時中は川南造船の寮になったが、戦後昭和二十二年(一九四七)から再開され、昭和四十二年(一九六七)料亭菊本は廃業した。杉本ワカは生涯独身を通し、昭和五十二年(一九七七)六月、八十五歳で死去する。「清光院釈常照貞寿大姉」の墓碑は正覚寺境内にある。

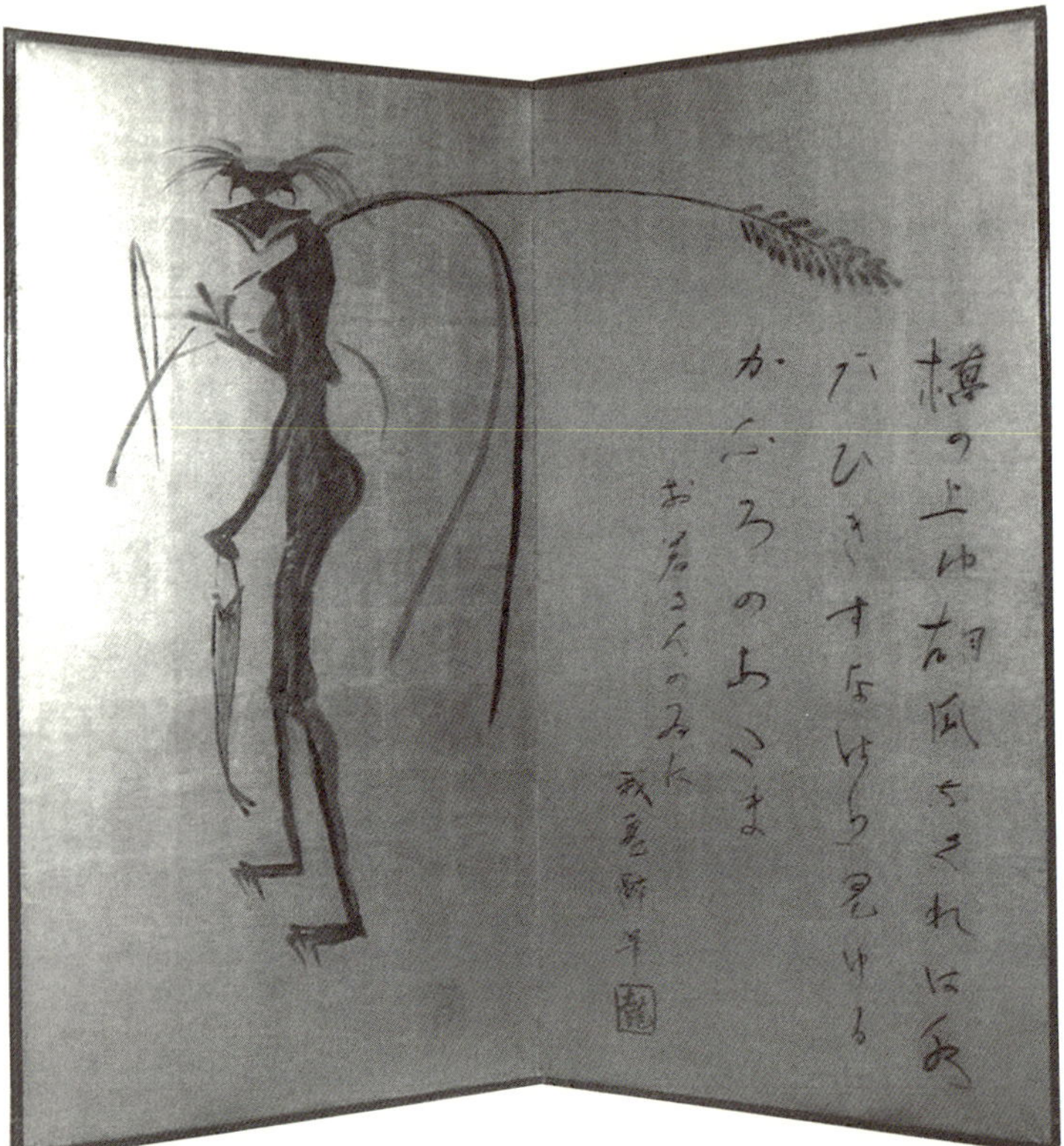

写真４　照菊（杉本ワカ）に贈った河童屏風。〈長崎歴史文化博物館蔵〉

「僕を苦しめなかった女神」

ワカは芥川龍之介の死後も芥川家とは交流があり、芥川未亡人との手紙のやりとりもあった。河童屛風は菊本廃業のときまで菊本にあり、長崎を訪れる人々がその屛風絵と対面した。その記録は、長崎の博物館に「河童帳」（寄せ書き）として残され、そこには幾人もの知名士の署名がみられるのである。

芥川龍之介の長男比呂志も三男也寸志も長崎を訪れたとき、河童屛風と面会したという。平石義男氏の記述によると、昭和四十一年（一九六六）初春、劇団『雲』の公演で長崎に来た芥川比呂志は母の文子未亡人から「長崎に行ったら必ずお会いするように」との伝言を受けて、杉本ワカと対面した。「亡父・龍之介がそうであったように比呂志もキチンと正座し、両手をついてあいさつする様子にいいしれぬ喜びは、ワカの目に光るものがあった。／　部屋にはすでに『河童屛風』が飾られ、ただだまって見つめる比呂志に光る涙。／　初春にふさわしいほほえましい風景に、他の女中までが思わず目がしらをおさえるのであった」と平石氏は記している。

杉本ワカは芥川を悩ましめた人妻・秀しげ子とは違い、芥川の遺書にある「僕を苦しめなかった女神たち」のひとりだったのかもしれない。しかも、長崎で出会った、長崎流の風流を帯びた女神であったのだろう。

9　蒲原春夫と渡辺庫輔

芥川のもとでの書生生活

蒲原《かもはら》春夫は大正十一年（一九二二）九月、芥川の家の食客としてしばらく滞在したあと、近くに下宿して文学修業をする。蒲原は小説家志望であった。面倒見の良い芥川は、蒲原のためになんとか原稿書きの仕事を探そうとする。芥川の蒲原宛書簡を見ると、蒲原は芥川の代理で葬儀に出たり、芥川が担当していた編集物の手伝いをしたり、用件をいいつけられたりで、まるで芥川の秘書か書生のような役割をしているようだ。実際、蒲原は在京中、芥川の身辺に常にいた人である。

蒲原春夫は渡辺庫輔より一歳年上、大正十一年満二十二歳である。大正十四年（一九二五）三月発行の『文芸年間』の「文士録」に「蒲原春夫」が出ていて、「別名歌川龍平、明治三十四年三月長崎県長崎市に生る。長崎中学、中央大学に学ぶ。短編集『切支丹物語』長編『女人伴天連』の著あり、現在、東京市外田端三八」とある。長崎中学から熊本の九州学院に転校が正確であろう。中央大学にはなんらかの形で在籍していたのかもしれない。そうしてみると、昭和二年（一九二七）三月発表の芥川の身辺小説あるいは心境小説ともいうべき作品「蜃気楼」に出てくる大学生のK君とは、蒲原春夫と確定できるのではないか。ともかく、大正の末年いっぱいまでは蒲原は東京にいて、芥川の書生のような感じでもあったが、諸雑誌に作品を発表しているのである。昭和二年二月十日、博文社発行の蒲原春夫の作品集『南蛮仏』が刊行された。昭和二年のはじめ、蒲原は一時上京したと思われるが、芥川自殺のときは在京ではなかった。

蒲原の作品集『南蛮仏』は芥川の南蛮キリシタンものを模倣したものが多い。昭和五年(一九三〇)、長崎を訪れた吉井勇はこの本を贈られている。その時のことを回想し、つぎのように記している。「……十六篇の哀れぶかい物語が叙情味に富んだ美しい文でかかれてある。それを読むと私には、更にまた長崎の持つてゐる歴史の深さや美しさといつたやうなことが考へられた……」

蒲原は帰郷してのち、書店を営んだり、市会議員になったりした一方で、地元の文学活動のリーダーとして活躍した。昭和三十五年(一九六〇)九月一日死去。享年六十歳六カ月であった。

最愛の弟子、庫輔

渡辺庫輔は芥川にもっとも愛され、もっとも親しく交際した長崎人である。「芥川龍之介の長崎」を書くにあたって欠かせない人物である。

庫輔は武藤長蔵の紹介状を携えて、大正十年(一九二二)十一月、上京する。上京するにあって、庫輔がもっとも面会したかった文士は森鷗外だった。長崎で斎藤茂吉に師事したことなどもあり、茂吉が敬愛する鷗外の文学に興味をもったのかもしれない。庫輔の発表する文章は歴史考証的なものであり、鷗外の後期の史伝作品に近い。その意味では、庫輔は芥川に弟子入りするよりは、鷗外に弟子入りしたほうがふさわしかったのだろう。しかし、結局、庫輔は鷗外に面会することはできなかった。

芥川が若い庫輔に面談してその学識に驚嘆したことは先に述べた。『芥川龍之介全集』所収渡辺庫輔宛芥川書簡は全二十通である。そのうち最初のものは大正十一年（一九二二）一月十三日付。庫輔はカステラや手紙や自分の文章が出ている地元の新聞を送ったのであろう。その返信である。南蛮キリシタンものの作家でもある芥川は、その方面の庫輔の学識に期待しているのである。

第二信は一月十九日付。これも返信である。『新小説』に庫輔が原稿を載せることを承諾したこと、芥川が四月下旬頃から長崎へ赴く予定が述べられている。

第三信（二月二十六日付）は永見氏が脚本にかいた鋳物師《いもじ》（踏絵を作った男）のことなどの質問。

第四信（三月三十一日付）では、「四月下旬か五月下旬頃長崎へいきたいと思います安い気楽な宿を世話して下さいさうしてあなたの鶴の前にも紹介してくれ給へ」とある。庫輔に長崎の宿の紹介を依頼しているのである。「鶴の前」とは庫輔の馴染みの丸山芸者であり、庫輔は芥川宛書簡で彼女のことを述べていたのであろう。

第五信（四月八日付）は宿を探してもらったお礼、並びに歌や俳句の話。「茂吉氏ほどの抒情詩人は今時は西洋にもゐない位です」との文もある。庫輔は茂吉門下であり、俳句にも心得がある。芥川はそれを楽しみにしているのである。

第六信（四月二十二日付）は原稿を送ってもらったことへの返信。

そして芥川の長崎再遊を挟んで、第七信（五月三十日付）は滞在中、世話になったことへのお礼。「滞在中小生の感じたる事は君の学才なり兼ね々々申候通りおのれを大事にすること忘るべからず」「半宵長崎を思へばやはりもつとゐいたかったと存候 ／ 水飲めば与茂平こひし閑古鳥」などの文面がある。秋ごろ庫輔上京の件もある。

第八信（六月十八日付）は庫輔が懇意にしていた丸山の芸子とのことが話題になっている。親身になって庫輔の身の上を気遣っているとみたい。「御上京いつにてもよし芥川龍之介これを引き受けたる上は口の有無など御心配なさるまじく候上京したければしたい時御上り候へ」の文面もある。

第九信（七月八日付）には「森先生まん性腎臓炎になり、命もむづかしきよし面会は勿論かなわず、この口駄目なれば外を気づけるべし」の文面がある。森鷗外の死去は大正十一年七月九日だった。庫輔は鷗外の助手の口でもと考えていたのだろうか。

第十信（七月三十日付）は永見からの深夜の電報に悩まされているのでそのことをお伝え願いたい旨が述べてある。

第十一信（八月二十日付）「君ほど筆まめ……」「電報たすかつたのは君のおかげなるべし

忝く存候」とある。二伸に「うゐんの斎藤茂吉から手紙が来た君の所へもきたろ」とある。欧州留学中の茂吉からの手紙が来たわけである。斎藤茂吉は庫輔の師匠であった。

大正十一年九月、庫輔と蒲原は上京して芥川に弟子入りする。二人はいつも傍らにいた。大正十二年九月一日、関東大震災。芥川家の被害は少なかったが、芥川は庫輔を連れて食糧の買い出しに行く。

第十二信（大正十三年七月二十二日）は軽井沢から東京の庫輔に送った絵葉書。庫輔は大正十四年には故郷の長崎に帰っている。東京での生活に行き詰まりを覚えていたのだろうか、それとも、家庭の都合か。

庫輔を励ましつづける

第十三信（大正十四年四月十六日付）は故郷に帰った庫輔への励ましの長文の手紙。読んでいても涙ぐましいほどの情愛が感じられる書簡である。「……この間斎藤さんに会った。一しよに飯を食った。君の噂も出た。但し勿論悪口を言つたと知るべし。今つらつら君の身の上を案ずるに、異国関係の歴史などはいくらやつても語学の出来ぬ君には駄目なり。……然らば何になるかと言ふに、なれねば仕方がなけれども、まづ小説家になるとすれば、傑作三篇以上を提げて再度上京の計を成すにしくはなかるべし。……」

庫輔は歴史考証家向きで、もともと小説家向きではなかったといえよう。歌や句は作り、その方面の評論もできるが、小説は無理だったかもしれない。その点、蒲原春夫とは違う。蒲原も小説家としては大成しなかったが、彼はその方面で頑張ったのである。では、渡辺庫輔はどうか。古賀十二郎の後を継いで、長崎郷土史の大家となったことは周知のことである。

第十四信（大正十四年五月一日付）、これも長崎の庫輔への励ましの手紙。「長崎の噂も時々伝はる。結婚の話なども聞いたれど、僕はどちらかと言へば不賛成なり。自分にも親にも親類にも手数をかける機会がふえるだけなりと思ふ。君に必要なるは金なり。金を得るのに必要なるは君の文章の売れることとなり。文章の売れるのに必要なるは君の力量の出来ることとなり。その外に何もなしと思ふ」の文面がある。かなり厳しい文句が並んでいるが、庫輔の身を思っての励ましであろう。

第十六信（大正十五年四月五日付）では、芥川は神経衰弱などで身体の調子が悪い旨を伝える。

第十七信（大正十五年四月二十五日付）は鵠沼から長崎への手紙。「……僕が永見よりも君を重んじてゐる事は君自身も知つてゐる筈だ。破門されたなど莫迦なことを言ふものには僕の手紙をみせろ。僕はまだ体悪く弱つてゐる故、長い手紙は書けない。僕は時々君がゐれば好いにと思つてゐるぞ。……」の文面がある。「君がゐれば好いにと……」はこの場合、実感がある。

第十八信（大正十五年五月二十五日付）「上京するならば五月二十五日より六月中旬までに来

給へ。その後は東京にゐないかも知れない。……」の文面である。このとき、庫輔は上京し、田端の芥川家の手伝いをしている。龍之介のみならず、一家の人々は、のちの未亡人芥川文の手紙から察するに、庫輔と蒲原を頼りにしていたのである。芥川が自殺するころ、二人とも故郷に帰っていたのは、なんとも悔やまれる。

第二十信（昭和二年二月五日付）は庫輔宛最後の手紙である。「お父さんの長逝を悼み奉る。今春怱々親戚に不幸あり。多病又多憂、この手紙おくれて何ともすまぬ。蒲原君によろしく。まだ多忙で弱つてゐる。頓首」庫輔の父死去への悔やみと自身の苦難を述べている文面である。

10　晩年の芥川龍之介

実現しなかった九州大学赴任

大正十四年（一九二五）一月発表の『大導寺信輔の半生』あたりから芥川の作風は変わってきたようだ。いわば、私小説風になってきたというべきだろうか。かつての技巧的な物語作家としての芥川はどこへいったのだろうか。しかし、これもひとつの作風であろう。

大正十五年（一九二六）九月『点鬼簿』、昭和二年（一九二七）一月『蜃気楼』、昭和二年六

月『歯車』、そして没後発表の『或る阿呆の一生』、これらは私小説的、あるいは自己の内面を追求していく作風である。多病多難の中にあって芥川が何とか書きあげた作品かもしれない。そのなかでも、『蜃気楼』と『歯車』は評価が高い。私小説風でない作品として、昭和二年一月発表の『玄鶴山房』、昭和二年（一九二七）三月発表の『河童』がある。いずれも晩年の力作である。

晩年の谷崎潤一郎との論争（筋のない小説論）は、オーソドックスな文芸論からすれば、谷崎の論が正しいのであろう。しかし、私たちは芥川の論に同情してみたくなる。芥川はたとえば、斎藤茂吉の歌のように、純粋な抒情の作品を思い描いていたのかもしれない。

芥川の晩年、九州帝国大学法文学部の創立にあたって、英文学科の教授として芥川龍之介が赴任するという話があった。『西日本新聞』一九五六年八月三日付夕刊本多顕彰の連載随筆第七回は「芥川と九大法文学部」と題されたものだった。それによると、本多は大正末年頃、旧制福岡高等学校教授として新設の九州帝国大学法文学部でも講義を二つもっていたということである。本多が福岡に赴任する気になったのは、芥川龍之介が九大法文学部に赴任することを聞いたからだった。芥川は本多にとって東大英文科の数年先輩であった。本多が芥川本人にただしてみると、「君も九州に行かないか」とのことだった。しかし、間際になって、「芥川九大教授」は実現しなかった。

九大赴任間際になって、芥川がそれを断念したのは、伯母フキが「ひどく泣いて手におえなくなってしまった」からだと、戦後、芥川の長男比呂志が本多に語ったという。結局、九大の英文科教授は芥川と東大で同期だった豊田実が就任し、また仏文学科の教官にはヨーロッパ遊学から帰国した成瀬正一《せいいち》が就任した。成瀬も東大の同期で、『新思潮』の仲間であった。卒業時の順位は総勢二十名中、豊田が一番、芥川は二番、成瀬は五番だった。

成瀬正一と豊田実

成瀬正一は第一高等学校のときから芥川と同級でともに明治二十五年（一八九二）生まれであった。本人は文芸家希望であった。成瀬家は銀行を経営する財産家で、苦学生の菊池寛の学資を援助していた。第四次『新思潮』の同人は東大生四人（写真5）のほかに、事情があって京都大学に進学した菊池寛の五人で運営されていたが、資金の大部分は成瀬が負担していた。成瀬は九大教授在職中の昭和十一年（一九三六）四月十三日、脳出血のため福岡の自宅で急死する。十六日、福岡の今川橋畔の浄満寺で葬儀がおこなわれ、菊池寛は当時珍しかった飛行機で駆けつけた。菊池寛が読みあげた弔辞の一節に、つぎのようなくだりがある。

「芥川・久米・松岡それに君と僕とで、新思潮を出した時、君は十五円出し僕達は、参円づつ出す筈だつたが、僕は金がないので、その参円も出さなかつた。新思潮に依つて世の中に出た僕達の存在に、何等か価値があるとしたならば、君の功績も長く記憶されるだ

写真５　大学生時代の成瀬と芥川。『新思潮』同人。右より成瀬正一、芥川龍之介、松岡譲、久米正雄。

らう」

豊田実は青山学院から東大英文科に入学してきた人で、芥川より七歳年長であった。豊田は熱心なキリスト教信者で勉強熱心でもあり、外人教師の覚えもよかった。東大卒業後は青山学院教授、東京女子高等師範学校教授などを経験し、九大法文学部創設のころは文部省から在外研究を命じられ、イギリスに留学中だった。豊田は帰国後、九大法文学部の初代英文科教授に就任した。その豊田の斡旋でフランス遊学中の成瀬正一が九大法文学部仏文科の教官に就任することになったのである。成瀬の帰国は大正十四年（一九二五）二月であり、十月一日付で講師採用となった。

九州帝国大学法文学部の第一回入学式は大正十四年四月二十日であった。学部長事務取扱は美濃部達吉、経済学教授は向坂逸郎であった。成瀬の教授昇格は大正十五年（一九二六）五月であった。

大正八年（一九一九）一月、『中央公論』に載せた芥川の「あの頃の自分の事」と題する文章には、大学時代の友人たちとの交際のことが述べられている。同年齢で『新思潮』の仲間だった成瀬とはかなり親しかったが、豊田実とは年齢が離れていたせいか、あまり交際はなかったようだ。それでも、豊田実に講義のノートを見せたことが述べられている。豊田は定年まで九州帝大に勤め、戦後は母校の青山学院院長、そして昭和二十四年（一九四九）からは青山学院大学初代学長を勤めた。

大正五年（一九一六）八月三日、成瀬正一はヨーロッパ留学が希望だったが、まずアメリカに旅立った。芥川は菊池寛、久米正雄らとともに横浜港で見送った。大正五年十月発行の『新思潮』に載せた「出帆」はそのときのことを書いた芥川の文章である。

昭和二年（一九二七）、この年七月二十四日未明、芥川龍之介は自殺した。この年の春、豊田実を中心に芥川を九大教授として招こうという話が出ていた。本多顕彰説は大正十四年頃の話であり、今度のは二度目の九大赴任の話であった。その話は仏文科教授の成瀬正一にも伝わっていた。九大には英語学と英文学の二つの講座があったので、英語学は豊田が担当し、英文学は芥川にというのが豊田の考えだったかもしれない。

九大赴任に乗り気だった芥川

昭和二年五月、芥川は東北から北海道まで講演旅行をおこなっている。当時、東北帝国大学医学部教授だった木下杢太郎は、仙台において、芥川の口から九大就職の話を聞いている。法文学部独文科教授だった小宮豊隆もその話を聞いたという。芥川は九大教授としての就職に少しは意欲を示していたようだ。

木下杢太郎も小宮豊隆も後年その話のことを書いている。杢太郎は「芥川龍之介君」と題した随想を岩波書店発行『文学』昭和九年（一九三四）二月号（『木下杢太郎全集』第七巻昭和二十五年十一月五日岩波書店発行所収）に載せ、小宮は「一挿話」と題した文章を昭和十年五月発行の『芥川龍之介全集・月報七号』に発表している。参考のため杢太郎の随想の関連する箇所を引用してみよう。

「三度目に（そして最後に）僕が芥川君と会つたのは仙台でである。なくなられた年（昭和二年）の梅雨の頃だと覚えてゐる。改造であったか、春陽堂であつたかの文学全集の為めに里見弴君と二人で仙台に来、小宮豊隆君が芥川君と一緒に僕を教室に訪問した。それで、雨で暗い日であつたが三人で午食を取つた。その時九州の大学から招聘せられてゐるなどと語つた。文科の教授は好いが福岡は遠過ぎるやうに僕は考へた。本人はどの位その為めに考慮を費やしたかは知らない。少しは考へたのだろうと思ふ。しかし創作と教授とはどうも両立し難い。……」

「文科の教授は好いが福岡は遠すぎるやうに僕は考えた」は杢太郎自身の考えであって、九大就職の話をした芥川の気持ちはわからない。この杢太郎の発言は、本人が都を離れた東北仙台に身を置き、また、かつては満州奉天の医院に勤務したことのある杢太郎がやはり東京志向をもっていたのかと、地方に身を置く私たちとしては癪にさわる発言にも思える。杢太郎は最終的には東京帝国大学医学部の皮膚科教授となり、終戦の年に病没した。

芥川が仙台に来て、杢太郎と小宮に九大就職のことを話した件について、少し推測を交えて考えてみよう。芥川は杢太郎と小宮が地方の帝国大学に就職している文人であるが故に、自分も九州の帝国大学に招かれているがどうだろうかと相談をもちかけたのではなかろうか。それに対して、杢太郎は「文科の教授は好いが福岡は遠すぎるように思う」と答えたのかもしれない。東京からすると、東北仙台よりは九州博多は遠すぎると考えたのだろうか。また、「創作と教授とは両立し難い」と答えたのかもしれない。しかし、先に引用した箇所の後続部分では「軍医総監と創作など、随分無理な組合せだつたに相違ない」と述べているが、これは森鷗外のことである。鷗外の直弟子ともいうべき存在であった杢太郎は、「軍医総監と創作」を見事にやってのけた鷗外を身辺にいて知っていたのである。

昭和七年（一九三二）十一月発行の岩波講座の評論『森鷗外』のなかで、杢太郎は明治四十二年（一九〇九）以降の鷗外の活躍を「豊熟の時代」と捉え、その由来をいくつか挙げている。そのひとつに、鷗外が軍医総監陸軍省医務局長に就任したことがある。「余の忖度にして誤らずんば、陸軍に於ける鷗外の位地が安定して、まはりに遠慮や気兼をすることなしに、自分も思ふままに振舞ふことが出来たといふやうなことが有らう」と杢太郎は述べている。

軍医と小説家の二足の草鞋を履きながら鷗外は苦労したと人は考えがちだが、あるいはそうでなかったのかもしれない。高級軍医官僚としての鷗外の安定した地位が、鷗外の心の余裕をあるいは文学的な余裕を生んでいたかもしれないのである。

芥川を追いつめたもの

芥川龍之介は、横須賀の海軍機関学校の教官をしながら創作活動をしていた時期がある。その二重生活を苦痛に感じていた。しかし今度の九州帝国大学就職の場合は事情が異なっていると思われる。芥川は多病多難に陥っていた。そこからの脱出を考えていたのではないか。九州帝大は東京帝大の九州分校のような存在だったかもしれない。しかし、豊田実や成瀬正一の場合を調べてみると、特別待遇みたいな扱いである。木下杢太郎はもっと別の助言を与える可能性があったのではないかと私は考える。

「芥川年譜」によると、芥川が杢太郎と小宮豊隆と会食したのは改造社の『日本文学全集』宣伝のための講演旅行の初日（昭和二年五月十四日）であった。それにしても、芥川が自殺の二カ月前、東北から北海道、最後は新潟（五月に十四日）まで講演旅行をしていたというのは、驚異である。自殺の四日前の七月二十日、八月に開講予定だった改造社主催の民衆夏季大学講師（九州方面）依頼に「ユク」と打電したのも驚きである。芥川の自殺は神経衰弱による発作的なものだったようにも思える。

九州大学文学部同窓会発行の『会報25』（昭和五十七年発行）の巻頭の文章（「御挨拶」）で、当時の同窓会会長後藤武士氏は「芥川龍之介」のことに大部分の筆をさかれている。後藤氏は大阪外語学校を卒業後、大正十四年（一九二五）九大法文学部英文科に入学された第一期生である。後藤氏の文章を引用してみよう。

「法文学部は初代学部長に東大の美濃部教授が兼任で発足し、英文学の教授としては最初芥川龍之介に白羽の矢が立てられたとのことでした。ところが、芥川と一高同期の成瀬正一先生は仏文の教授として赴任されたが、芥川九大教授は実現しませんでした。漱石の賞讃を受けた『鼻』などの短篇を英訳したり、『文芸的な、余りに文芸的な』などのエッセイを興味深く読んでいた私は、もし芥川が九大の教壇に立っていたらどんな講義をしたであろうか、また学生にどのような感化を与えたであろうか、時々想像してみたりします。結局、芥川と東大で同期の豊田実先生が教授として着任され、英文学が開講されましたが、語学と文学と双方の分野で極めて堅実な九大英文科の学風は先生と次代の中山竹二郎先生によって築かれたともいえましょう」

「昭和二年七月二十四日、芥川自殺の報はまさに青天の霹靂でした。テレビはまだなく、ラジオがようやく普及しかけた頃で、新聞の『自殺』という大きい活字が眼に飛び込んだ時のショックは今でも忘れません。しかし彼の遺書である『或る旧友へ送る手記』を見ると『僕はこの二年ばかりの間は死ぬことばかり考へつづけた』とあるので、九大教授の話があった頃は、既にこの『二年ばかりの間』の入口にあったのかも知れません。私の知人で熱心な芥川研究家である某氏は、芥川は九大教授になっていたならば、その方がどれだけ幸福であったか知れない、と言っています。……」

後藤氏のこの文章は芥川の死去から五十五年後に発表されたものである。芥川は生前人気作家であった。現在、没後八十六年が経過しているが、芥川龍之介の研究や評論は膨大な数にのぼる。今なお、その人気は衰えていない。当時の文学志向の青年層に与えたショックは、後藤氏の文章にあるようなものであっただろう。

煩雑な「ジャアナリズム」

芥川の晩年の文章の一部には、なにかに急《せ》かされている人の気配が感じられる。芥川の文章で私には気になる言葉がある。それは「のみならず」という語である。それは芥川の初期の文章からみられる語であるが、晩年の文章にはとくにその語の頻出が目立つようだ。「のみならず」は文章を重ねていく語法である。文章を重ねがさねしながら芥川はなにを述べようとしたのか。その語の頻出はなにかに急かされている芥川の焦りが感じられる。

不眠症や神経衰弱による体力の衰え、身内の不祥事など晩年の芥川は多病多難つづきであった。それでも原稿は書かなければならない。講演旅行も引き受けるといった状態であった。そこには身内の不祥事による金銭的な問題があったのかもしれない。

芥川の絶筆となった『続西方の人』のなかで目立つのは「ジヤアナリズム」という言葉である。イエス・キリストをジャーナリストとして捉えているわけであるが、その言葉が頻繁に出てくると、どこか脅迫観念のように思えてくる。芥川龍之介自身がジャーナリストであったという見方もある。『大阪毎日新聞』の特派員として動乱期の中国を取材した経験もある。イエスの生涯を悲劇として描くとすれば、その要因は「ジヤアナリズム」にあったというのが芥川のイエス評伝であったと思われる。しかし、じつは芥川の悲劇もそこにあったのだと考えられる。

晩年の芥川が急かされるように原稿を書いたのは、ジャーナリズムのためだった。思わしくない体調を抱えながら、ジャーナリズムのもとめに応じて原稿を書いた。晩年の芥川にとって必要だったのは、ジャーナリズムからの休息だったのではなかろうか。昭和二年(一九二七)一月二十一日付の野村治輔あての書簡にはつぎのように述べられている。

「……僕もモスクワ大学の日本文学科の先生か何かになりたい。原稿に追はれて暮らしてゐるよりもその方が遥かによささうです。……」

九大教授の話が頭にあったかのような発言である。芥川が決断さえすれば、芥川の九大教授は実現しただろう。芥川は研究者向きでもあったし、そういう研究職に就いてみたい気はあった。それは煩雑なジャーナリズムから逃れる方法であったろうし、家族や親族の縺《もつ》れた関係からの避難にもなっただろう。そして、なによりも芥川龍之介が生き延びて、文学者としての生活が存続できる方法であった。

大正七年(一九一八)十一月発表の『永久に不愉快な二重生活』という文章のなかで、芥川は横須賀の海軍機関学校の英語教員を勤めながらの文筆活動の二重生活を不愉快と述べている。そして、大正八年三月、教員を辞任して作家専業になった解放感をのちの文章で述べている。以来、芥川は小説家としてまたジャーナリストとして活躍してきた。だが、その生活にも疲れがみえてきたのである。芥川にとって一時的にせよ転換が必要だったのではなかろうか。

斎藤茂吉は芥川の神経衰弱などの病のために、転地療法を勧めた。それが鵠沼《くげぬま》生活だったのだろう。しかしいっそのこと、九大に赴任して博多の海辺で暮らしてみたらどうだったろうか。成瀬正一は教授活動の傍ら、博多の海で釣りを楽しんでいたそうである。

先に引用した本多顕彰の文章には、つぎのような記述も見られる。

「成瀬さんはお金持ちのお坊っちゃんらしく、博多湾に自分のモーターボートを浮かべていた。豊田さんも、そのボートに便乗してしばしば釣に行かれた様子だが、もしも、芥川が九大に赴任していたならば、あのモーターボートで釣になど出かけて、のんびりとすごし、悲しい自殺を避け得たかも知れなかった」

長崎は芥川を救えたか

私たちは森鷗外の小倉、斎藤茂吉の長崎が、彼らの生涯にとってどれだけ有意義であったかを知っている。それと同様、芥川龍之介の博多は有意義になったかもしれないのである。博多と長崎は九州でも似た感じの町である。古代・中世の博多は国際貿易港であった。近世になると長崎がその役割を担ってきた。

元亀二年（一五七一）、ポルトガル貿易港としての長崎の町建てがはじまり、九州各地から新しい貿易都市長崎への移住者が多く集まった。博多からの移住者は貿易商人であった。彼らはそれまでの知恵を生かして、新しい貿易都市長崎の建設をリードした。たとえば、末次興善はキリシタンの博多商人で、南蛮貿易品を上方に売りさばいていた。末次興善が長崎へ移住したのは、長崎の町建てがはじまってまもなくであった。現在、長崎には「興善町」という町名が存在している。その辺りに末次興善の広大な屋敷があったのだろう。末次興善の息子が末次平蔵である。末次平蔵は、朱印船貿易で膨大な利益を得て長崎代官となった。

長崎には「本博多町」と「今博多町」があった。「今博多町」は現存の町名であるが、「本博多町」は昭和三十八年（一九六三）の町名変更で消えている。いずれも博多からの移住者が築いた町であった。長崎の遊女町丸山も、はじまりは博多柳町遊女の移住によるのである。以上のように、博多と長崎の町の歴史の縁《えにし》は深い。

近世初頭、博多の町の雰囲気はそのまま長崎に移ったと考えてよい。博多の山笠、長崎のくんち、その祭りの基底にあるのは、博多人と長崎人の共通した気質であり、雰囲気である。芥川龍之介が長崎に憧れ、愛していたのはそのような町の雰囲気であり、気質であった。

（了）

（参考資料）

『芥川龍之介全集』全二十四巻　岩波書店　一九九五～一九九八年
平石義男著『長崎のこころ』著者発行　一九七八年
大谷利彦著『長崎南蛮余情』長崎文献社　一九八八年
大谷利彦著『続長崎南蛮余情』長崎文献社　一九九〇年
志村有弘《くにひろ》著『芥川龍之介周辺の作家』笠間書院　一九七五年
志村有広著『芥川龍之介伝説』朝文社　一九九三年
関口安義著『評伝　成瀬正一』日本エディタースクール出版部　一九九四年

第Ⅱ部
長崎を舞台とする芥川龍之介作品

ロレンゾオの恋物語

やよひになりて、ロレンゾオは恋になやみぬ。

悲しくうれしき思《おもひ》たえまなく胸にあふれて、あやしき旅やどりのすまゐなれど、そこはかとなくかぐはしきもののといきのかよひ来て、くれなゐの罌粟《けし》の花ざかりにも似たりや。あはれサンタルチアも見そなはせ、ふる里以太利亜《イタリア》を去りしより――かのなつかしきヴェニスの水と鐘のひゞきと白きくゞひの歌とにわかれしより、あるは南、埃及《エジプト》、亜剌比亜《アラビア》の国々、睡蓮《すいれん》の花さく川ぞひの市に黄玉の首環したる遊《あそ》び女《め》のむれに親《したし》み、あるは東印度支那の島々無花果《いちじく》の葉かげの港に、おしろい青きざればみたる女の数々みたれど、未此処《いまだこのところ》日本の長崎にて始めてかのひとにあひしばかり、あつきまことの恋を覚えしはあらず。ゆひ髪ふくよかに、小猫の眼ざししたるかのひとのまぼろし、薄べにの薔薇《そうび》の如く、うつゝにもロレンゾオの眼にうかびぬ。かくて蔦《つた》の葉しげき赤瓦の軒に群つばめのさゞめきとだえて蛋白石《オパール》の空に夕月の光うすくにほひそむれば、かれはさびしくひとり夕餉《ゆうげ》ものしつ。

やがて色褪せたる天鵞絨《ビロード》のきぬに、青き更紗《サラリ》模様のはんけちを頸《くび》に結びて、古びしマンドリンをかい抱きつゝ、ものうげにすまゐを出づるは近き海べの酒場に其日《そのひ》のかてを得むとてゆくなり。

黄色き窓かけをかけたる酒場の窓は暗き長崎の入江にのぞみて、其処にあかきともしびの光にてらされつゝ、にがよもぎの精なりと云ふ異国の酒を酌みかはす船乗の一むれつどひぬ。ロレンゾオは、物怯《お》ぢしたるさまにて主《あるじ》の翁にゐやをなしつゝ、部屋のかたすみなる椅子に腰かけて、さながら恋人を撫するが如くうれしげにマンドリンを手まさぐるが常なり。もし客の一人「歌へ」と命ずれば直《ただち》に立ちて歌ふ。歌ふは南欧の俗歌なれども、此時ばかりかれの面の晴れやかなるはあらず。マンドリンの糸のひゞきははなれて久しき以太利亜《イタリア》の夢をよびかへして、其上に桜草の色したる思ひ出の経緯をひろぐ。日は暖《あたたか》にマルクス寺の金の十字架を照らして、狭き水路は月桂の若葉のかほりにみちたり。白き鳩のむれたる石甃《いしだたみ》に紅き帽の土耳古《トルコ》人ありて忙しく歩みゆくが見ゆ。青き水にのぞめる家々の窓にはヘリオトロウプ、薔薇、黄水仙などにほへり。音もなくリアルトオの橋をすぎゆくゴンドラよ、いましは何処に行かむとする。南国の日の光に橄欖《かんらん》の如く黒めるロレンゾオの面は、酔心地に赤らみて、マンドリンのトレモロはミルテの青葉をふく風のやうにすゝりなきぬ。曲終れば、人々拍手して銀貨を投ぐ。其時もしかのひと入り来ればロレンゾオは一杯の麦酒に疲れをいやすさへ忘れて、再《ふたたび》マンドリンをかいならしつゝ歌ふ。かのひとはこのあたりの町々に林檎、蜜柑、覆盆子《いちご》などを商ふ「むすめ」の一人なり。年は一五、六なるべし、黄なる「べべ、ニッポン」に長き帯むすびさげて、黒く清らかにほゝゑめる目の媚びたるも、髪にかざせる紅椿のやうに艶なり。ロレンゾオが心には昔ブェノスアイレスの謝肉祭に楼の窓よりかざしの花を落《おと》して、待ちたる恋人にくちづけなげたる人と、きほふとも見劣りすまじくや。

かのひとはかく夜毎《よごと》に来たりて果物をひさぎぬ。されど絶ゑて、この若き以太利亜《イタリア》びとがやるせなき思ひをさとらざりき。ロレンゾオはかく夜毎に来たりて歌ひぬ。されど彼は、かのひとの声をきく毎《ごと》に弦を弾ずる指のあやしくもをののきて、マンドリンの調べの屢《しばしば》乱るゝを知らざりき。

卯月これの夜、ロレンゾオは黄そうびの鉢おきたる酒場の机にひと夜を明かしたれども、かのひとの影は見えざりき。つぎて七夜かれはあだにかのひとを待ちぬ。かくて八日の夜、アブサントの酔頬にのぼりて玻璃円閣《はりえんかく》にたばしる霰《あられ》の如くにマンドリンかきならしつゝ、ジェルザレムメリベラアタの曲をうたへる時、客の一人は主の翁にむかひて問いぬ。「かの果物うる娘はいかにしたる」、耳遠き翁の答はものうかりき。「熱をやみてうせぬ、今宵にて三日目なりとき、しか、あはれなることしてけり。」

たちまち人々は、青琅玕《せいろうかん》を砕くやうなるもののひゞきにおどろかされぬ。ロレンゾオがマンドリンの絃断《た》へたるなり。「如何《いか》にしたる」と人々たづぬれど、かれは唯《ただ》うつむきて声もなく泣きぬ。黄そうびのかほりほのかにたゞよへる酒場に、唯《ただ》声もなく泣きぬ。

そのあしたより、酒場の人々はロレンゾオの影をみずなりぬ。かれの住める家のあるじに問へど知らずと答ふ。あるは身投げて死しぬと云ひ、あるは以太利亜《イタリア》に帰りぬと伝ふ。かれが部屋の壁には猶《なほ》、絃断えたるマンドリンかゝりて、きらびやかなる蔦の葉のまつろへる軒には今も恋わたる燕《つばくら》のかたらひしげけれども。（我がのれる汽船の舵手が、嗅煙草《かぎたばこ》かぎつゝ、語れる物語をしるす。九月二十二日――「休暇中の事ども」）

（底本は、葛巻編『芥川龍之介未定稿集』）

煙草と悪魔

煙草は、本来、日本になかった植物である。では、何時《いつ》頃、舶載されたかと云《い》うと、記録によって、年代が一致しない。或《あるい》は、慶長《けいちょう》年間と書いてあったり、或は天文《てんぶん》年間と書いてあったりする。が、慶長十年頃には、既に栽培が、諸方に行われていたらしい。それが文禄《ぶんろく》年間になると、「きかぬものたばこの法度銭法度《はっとぜにはっと》、玉のみこゑにげんたくの医者」と云う落首《らくしゅ》が出来た程、一般に喫煙が流行するようになった。——

そこで、この煙草は、誰の手で舶載されたかと云うと、歴史家なら誰でも、葡萄牙人《ポルトガル》とか、西班牙人《スペイン》とか答える。が、それは必ずしも唯一の答ではない。その外にまだ、もう一つ、伝説としての答が残っている。それによると、煙草は、悪魔がどこからか持って来たのだそうである。そうして、その悪魔なるものは、天主教の伴天連《バテレン》が（恐らくは、フランシス上人《しょうにん》が）はるばる日本へつれて来たのだそうである。

こう云うと、切支丹《キリシタン》宗門の信者は、彼等のパアテルを誣《し》いるものとして、自分を咎《とが》めようとするかも知れない。が、自分に云わせると、これはどうも、事実らしく思われる。何故《なぜ》と云えば、南蛮の神が渡来すると同時に、南蛮の悪魔が渡来すると云う事は――西洋の善が輸入されると同時に、西洋の悪が輸入されると云う事は、至極、当然な事だからである。

しかし、その悪魔が実際、煙草を持って来たかどうか、それは、自分にも、保証する事が出来ない。尤《もっと》もアナトオル・フランスの書いた物によると、悪魔は木犀草《もくせいそう》の花で、或《ある》坊さんを誘惑しようとした事があるそうである。して見ると、煙草を、日本へ持って来たと云う事も、満更嘘《まんざらうそ》だとばかりは、云えないであろう。よし又それが嘘にしても、その嘘は又、或意味で、存外、ほんとうに近い事があるかも知れない。——自分は、こう云う考えで、煙草の渡来に関する伝説を、ここへ書いて見る事にした。

＊　＊　＊　＊　＊

天文十八年、悪魔は、フランシス・ザヴィエルに伴《つ》いている伊留満《いるまん》の一人に化けて、長い海路を恙《つつが》なく、日本へやって来た。この伊留満の一人に化けられたと云うのは、正物《しょうぶつ》のその男が、阿媽港《あまかわ》か何処《どこ》かへ上陸している中《うち》に、一行をのせた黒船が、それとも知らずに出帆をしてしまったからである。そこで、それまで、帆桁《ほげた》へ尻尾《しっぽ》をまきつけて、倒《さかさま》にぶら下りながら、私《ひそか》に船中の容子《ようす》を窺《うかが》っていた悪魔は、早速姿をその男に変えて、朝夕フランシス上人に、給仕する事になった。勿論《もちろん》、ドクトル・ファウストを尋ねる時には、赤い外套《がいとう》を着た立派な騎士に化ける位な先生の事だから、こんな芸当なぞは、何でもない。

ところが、日本へ来て見ると、西洋にいた時に、マルコ・ポオロの旅行記で読んだのとは、大分《だいぶ》、容子がちがう。第一、あの旅行記によると、国中至る処《ところ》、黄金《おうごん》がみちみちているようであるが、どこを見廻しても、そんな景色はない。これなら、ちょいと礫《こいし》を爪《つめ》でこすって、金《きん》にすれば、それでも可成《かなり》、誘惑が出来そうである。それから、日本人は、真珠か何かの力で、起死回生の法を、心得ているそうであるが、それもマルコ・ポオロの嘘らしい。嘘なら、方々の井戸へ唾《つば》を吐いて、悪い病さえ流行《はや》らせれば、大抵の人間は、苦しまぎれに当来の波羅《はら》葦僧《いそ》なぞは、忘れてしまう。――フランシス上人の後《あと》へついて、殊勝らしく、そこいらを見物して歩きながら、悪魔は、私《ひそか》にこんな事を考えて、独り会心の微笑をもらしていた。

が、たった一つ、ここに困った事がある。こればかりは、流石《さすが》の悪魔が、どうする訳にも行かない。と云うのは、まだフランシス・ザヴィエルが、日本へ来たばかりで、伝道も盛《さかん》にならなければ、切支丹の信者も出来ないので、肝腎の誘惑する相手が、一人もいないと云う事である。これには、いくら悪魔でも、少からず、当惑した。第一、さしあたり退屈な時間を、どうして暮していいか、わからない。――

そこで、悪魔は、いろいろ思案した末に、先《ま》園芸でもやって、暇をつぶそうと考えた。それには、西洋を出る時から、種々雑多な植物の種を、耳の穴の中へ入れて持っている。地面は、近所の畠《はたけ》でも借りれば、造作はない。その上、フランシス上人さえ、それは至極よかろうと、賛成した。勿論、上人は、自分についている伊留満の一人が、西洋の薬用植物か何かを、日本へ移植しようとしているのだと、思ったのである。

悪魔は、早速、鋤鍬《すきくわ》を借りて来て、路《みち》ばたの畠を、根気よく、耕しはじめた。

丁度水蒸気の多い春の始《はじめ》で、たなびいた霞《かすみ》の底からは、遠くの寺の鐘が、ぼうんと、眠むそうに、響いて来る、その鐘の音《ね》が、如何《いか》にも又のどかで、聞きなれた西洋の寺の鐘のように、いやに冴《さ》えて、かんと脳天へひびく所がない。——が、こう云う太平な風物の中にいたのでは、さぞ悪魔も、気が楽だろうと思うと、決してそうではない。

彼は、一度この梵鐘《ぼんしょう》の音を聞くと、聖保羅《さんぽおろ》の寺の鐘を聞いたよりも、一層、不快そうに、顔をしかめて、むしょうに畑を打ち始めた。何故かと云うと、こののんびりした鐘の音を聞いて、この曖々《あいあい》たる日光に浴していると、不思議に、心がゆるんで来る。善をしようと云う気にもならないと同時に、悪を行おうと云う気にもならずにしまう。これでは、折角《せっかく》、海を渡って、日本人を誘惑に来た甲斐《かい》がない。――掌《てのひら》に肉豆《まめ》がないので、イワンの妹に叱《しか》られた程、労働の嫌な悪魔が、こんなに精を出して、鍬《くわ》を使う気になったのは、全く、このややもすれば、体にはいかかる道徳的の眠けを払おうとして、一生懸命になったせいである。

悪魔は、とうとう、数日の中に、畑打ちを完《おわ》って、耳の中の種を、その畦《うね》に播《ま》いた。

＊　＊　＊　＊　＊

それから、幾月かたつ中《うち》に、悪魔の播いた種は、芽を出し、茎をのばして、その年の夏の末には、幅の広い緑の葉が、もう残りなく、畑の土を隠してしまった。が、その植物の名を知っている者は、一人もない。フランシス上人が、尋ねてさえ、悪魔は、にやにや笑うばかりで、何とも答えずに、黙っている。

その中《うち》に、この植物は、茎の先に、簇々《そうそう》として、花をつけた。漏斗《じょうご》のような形をした、うす紫の花である。悪魔には、この花のさいたのが、骨を折っただけに、大へん嬉《うれ》しいらしい。そこで、彼は、朝夕の勤行《ごんぎょう》をすましてしまうと、何時でも、その畑へ来て、余念なく培養につとめていた。

すると、或日の事、（それは、フランシス上人が伝道の為に、数日間、旅行をした、その留守中の出来事である。）一人の牛商人《うしあきんど》が、一頭の黄牛《あめうし》をひいて、その畑の側《そば》を通りかかった。見ると、紫の花のむらがった畑の柵《さく》の中で、黒い僧服に、つばの広い帽子をかぶった、南蛮の伊留満が、しきりに葉へついた虫をとっている。牛商人は、その花があまり、珍しいので、思わず足を止めながら、笠《かさ》をぬいで、丁寧にその伊留満へ声をかけた。

——もし、お上人様、その花は何でございます。

伊留満は、ふりむいた。鼻の低い、眼の小さな、如何にも、人の好さそうな紅毛である。

——これですか。

——さようでございます。

紅毛は、畑の柵によりかかりながら、頭をふった。そうして、なれない日本語で云った。

——この名だけは、御気の毒ですが、人には教えられません。

——はてな、すると、フランシス様が、云ってはならないとでも、仰有《おっしゃ》ったのでございますか。

——いいえ、そうではありません。

——では、一つお教え下さいませんか、手前も、近ごろはフランシス様の御教化をうけて、この通り御宗旨に、帰依《きえ》して居りますのですから。

牛商人は、得意そうに自分の胸を指さした。見ると、成る程、小さな真鍮《しんちゅう》の十字架が、日に輝きながら、頸《くび》にかかっている。すると、それが眩《まぶ》しかったのか、伊留満はちょいと顔をしかめて、下を見たが、すぐに又、前よりも、人なつこい調子で、冗談ともほんとうともつかずに、こんな事を云った。

——それでも、いけませんよ。これは、私の国の掟《おきて》で、人に話してはならない事になっているのですから。それより、あなたが、自分で一つ、あてごらんなさい。日本の人は賢いから、きっとあたります。あたったら、この畑にはえているものを、みんな、あなたにあげましょう。

牛商人は、伊留満が、自分をからかっているとでも思ったのであろう。彼は、日にやけた顔に、微笑を浮べながら、わざと大仰に、小首を傾けた。

——何でございますかな。どうも、殺急には、わかり兼ねますが。

——なに今日でなくっても、いいのです。三日の間に、よく考えてお出《い》でなさい。誰かに聞いて来ても、かまいません。あたったら、これをみんなあげます。この外にも、珍陀《ちんだ》の酒をあげましょう。それとも、波羅葦僧垤利阿利《はらいそてれある》の絵をあげますか。

牛商人は、相手があまり、熱心なのに、驚いたらしい。

——では、あたらなかったら、どう致しましょう。

伊留満は、帽子をあみだに、かぶり直しながら、手を振って、笑った。牛商人が、聊《いささか》、意外に思った位、鋭い、鴉《からす》のような声で、笑ったのである。

——あたらなかったら、私があなたに、何かもらいましょう。賭《かけ》です。

あたるか、あたらないかの賭です。あたったら、これをみんな、あなたにあげますから。

こう云う中に紅毛は、何時か又、人なつこい声に、帰っていた。

——よろしゅうございます。では、私も奮発して、何でもあなたの仰有るものを、差上げましょう。

——何でもくれますか、その牛でも。

——これでよろしければ、今でも差上げます。

牛商人は、笑いながら、黄牛《あめうし》の額を、撫《な》でた。彼はどこまでも、これを、人の好《い》い伊留満の、冗談だと思っているらしい。

——その代り、私が勝ったら、その花のさく草を頂きますよ。

——よろしい。よろしい。では、確《たし》かに約束しましたね。

——確に、御約定《ごやくじょう》致しました。御主《おんあるじ》エス・クリストの御名《みな》にお誓い申しまして。

伊留満は、これを聞くと、小さな眼を輝かせて、二三度、満足そうに、鼻を鳴らした。それから、左手を腰にあてて、少し反り身になりながら、

右手で紫の花にさわって見て、

――では、あたらなかったら――あなたの体と魂とを、貰《もら》いますよ。

こう云って、紅毛は、大きく右の手をまわしながら、帽子をぬいだ。もじゃもじゃした髪の毛の中には、山羊《やぎ》のような角が二本、はえている。牛商人は、思わず顔の色を変えて、持っていた笠を、地に落した。日のかげったせいであろう、畑の花や葉が、一時に、あざやかな光を失った。牛さえ、何におびえたのか、角を低くしながら、地鳴りのような声で、稔《うな》っている。……

――私にした約束でも、約束は、約束ですよ。私が名を云えないものを指して、あなたは、誓ったでしょう。忘れてはいけません。期限は、三日ですから。では、さようなら。

人を莫迦《ばか》にしたような、慇懃《いんぎん》な調子で、こう云いながら、悪魔は、わざと、牛商人に丁寧なおじぎをした。

＊　＊　＊　＊　＊

牛商人は、うっかり、悪魔の手にのったのを、後悔した。このままで行けば、結局、あの「じゃぼ」につかまって、体も魂も、「亡《ほろ》ぶることなき猛火《みょうか》」に、焼かれなければ、ならない。それでは、今までの宗旨をすてて、波宇低寸茂《はうちすも》をうけた甲斐が、なくなってしまう。

が、御主耶蘇基督《おんあるじエス・クリスト》の名で、誓った以上、一度した約束は、破る事が出来ない。勿論、フランシス上人でも、いたのなら、またどうにかなる所だが、生憎《あいにく》、それも今は留守である。そこで、彼は、三日の間、夜《よ》の眼もねずに、悪魔の巧みの裏をかく手だてを考えた。それには、どうしても、あの植物の名を、知るより外に、仕方がない。しかし、フランシス上人でさえ、知らない名を、どこに知っているものが、いるであろう。……

　牛商人は、とうとう、約束の期限の切れる晩に、又あの黄牛《あめうし》をひっぱって、そっと、伊留満の住んでいる家の側へ、忍んで行った。家は畑とならんで、往来に向っている。行って見ると、もう伊留満も寝しずまったと見えて、窓からもる灯《あかり》さえない。丁度、月はあるが、ぼんやりと曇った夜で、ひっそりした畑のそこここには、あの紫の花が、心ぼそくうす暗い中に、ほのめいている。元来、牛商人は、覚束《おぼつか》ないながら、一策を思いついて、やっとここまで、忍んで来たのであるが、このしんとした景色を見ると、何となく恐しくなって、いっそ、このまま帰ってしまおうかと云う気にもなった。殊《こと》に、あの戸の後《うしろ》では、山羊のような角のある先生が、因辺留濃《いんへるの》の夢でも見ているのだと思うと、折角、はりつめた勇気も、意気地なく、くじけてしまう。が、体と魂とを、「じゃぼ」の手に、渡す事を思えば、勿論、弱い音《ね》なぞを吐いているべき場合ではない。

そこで、牛商人は、毘留善麻利耶《びるぜんまりや》の加護を願いながら、思い切って、予《あらかじめ》、もくろんで置いた計画を、実行した。計画と云うのは、別でもない。——ひいて来た黄牛《あめうし》の綱《はづな》を解いて、尻《しり》をつよく打ちながら、例の畑へ勢よく追いこんでやったのである。

牛は、打たれた尻の痛さに、跳ね上りながら、柵を破って、畑をふみ荒らした。角を家の板目《はめ》につきかけた事も、一度や二度ではない。その上、蹄《ひづめ》の音と、鳴く声とは、うすい夜の霧をうごかして、ものものしく、四方《あたり》に響き渡った。すると、窓の戸をあけて、顔を出したものがある。暗いので、顔はわからないが、伊留満に化けた悪魔には、相違ない。気のせいか、頭の角は、夜目ながら、はっきり見えた。

――この畜生、何《なん》だって、己《おれ》の煙草畑を荒らすのだ。

悪魔は、手をふりながら、睡《ね》むそうな声で、こう怒鳴った。寝入りばなの邪魔をされたのが、よくよく癪《しゃく》にさわったらしい。

が、畑の後《うしろ》へかくれて、容子を窺っていた牛商人の耳へは、悪魔のこの語が、泥烏須《でうす》の声のように、響いた。……

――この畜生、何だって、己の煙草畑を荒らすのだ。

* * * * *

それから、先の事は、あらゆるこの種類の話のように、至極、円満に完《おわ》っている。即《すなわち》、牛商人は、首尾よく、煙草と云う名を、云いあてて、悪魔に鼻をあかさせた。そうして、その畑にはえている煙草を、悉《ことごと》く自分のものにした。と云うような次第である。

が、自分は、昔からこの伝説に、より深い意味がありはしないかと思っている。何故《なぜ》と云えば、悪魔は、牛商人の肉体と霊魂とを、自分のものにする事は出来なかったが、その代《かわり》に、煙草は、洽《あまね》く日本全国に、普及させる事が出来た。して見ると牛商人の救抜が、一面堕落を伴っているように、悪魔の失敗も、一面成功を伴っていはしないだろうか。悪魔は、ころんでも、ただは起きない。誘惑に勝ったと思う時にも、人間は存外、負けている事がありはしないだろうか。

それから序《ついで》に、悪魔のなり行きを、簡単に、書いて置こう。彼は、フランシス上人が、帰って来ると共に、神聖なペンタグラマの威力によって、とうとう、その土地から、逐払《おいはら》われた。が、その後も、やはり伊留満のなりをして、方々をさまよって、歩いたものらしい。或記録によると、彼は、南蛮寺《なんばんじ》の建立《こんりゅう》前後、京都にも、屢々《しばしば》出没したそうである。松永弾正《まつながだんじょう》を翻弄《ほんろう》した例の果心居士《かしんこじ》と云う男は、この悪魔だと云う説もあるが、これはラフカディオ・ヘルン先生が書いているから、ここには、御免を蒙《こうむ》る事にしよう。それから、豊臣徳川両氏の外教禁遏《きんあつ》に会って、始《はじめ》の中《うち》こそ、まだ、姿を現わしていたが、とうとう、しまいには、完《まった》く日本にいなくなった。――記録は、大体ここまでしか、悪魔の消息を語っていない。唯《ただ》、明治以後、再《ふたたび》、渡来した彼の動静を知る事が出来ないのは、返えす返えすも、遺憾である。……

（底本は、岩波書店『芥川龍之介全集』）

奉教人の死

たとひ三百歳の齢《よはひ》を保ち、楽しみ身に余ると云《い》ふとも、未来永々の果しなき楽しみに比ぶれば、夢幻《ゆめまぼろし》の如《ごと》し。

——（慶長訳 Guia do Pecador）——

善の道に立ち入りたらん人は、御教《みをしへ》にこもる不可思議の甘味を覚ゆべし。

——（慶長訳 Imitatione Christi）——

一

去《い》んぬる頃、日本長崎の「さんた・るちや」と申す「えけれしや」（寺院）に、「ろおれんぞ」と申すこの国の少年がござった。これは或《ある》年御降誕の祭の夜、その「えけれしや」の戸口に、餓《う》え疲れてうち伏して居《お》ったを参詣《さんけい》の奉教人衆が介抱し、それより伴天連《ばてれん》の憐《あわれ》みにて、寺中に養われる事となったげでござるが、何故《なぜ》かその身の素性《すじょう》を問えば、故郷《ふるさと》は「はらいそ」（天国）父の名は「でうす」（天主）などと、何時《いつ》も事もなげな笑《わらい》に紛《まぎ》らいて、とんとまことは明した事もござない。なれど親の代から「ぜんちょ」（異教徒）の輩《やから》であらなんだ事だけは、手くびにかけた青玉の「こんたつ」（念珠《ねんじゅ》）を見ても、知れたと申す。されば伴天連はじめ、多くの「いるまん」衆（法兄弟）も、よも怪しいものではござるまいと、おぼされて、ねんごろに扶持《ふち》して置かれたが、その信心の堅固なは、幼いにも似ず「すぺりおれす」（長老衆）が舌を捲《ま》くばかりであったれば、一同も「ろおれんぞ」は天童の生れがわりであろうずなど申し、いずくの生れ、たれの子とも知れぬものを、無下《むげ》にめでいつくしんで居ったげでござる。

して又この「ろおれんぞ」は顔かたちが玉のように清らかであったに、声ざまも女のように優しかったれば、一しお人々のあわれみを惹《ひ》いたのでござろう。中でもこの国の「いるまん」に「しめおん」と申したは、「ろおれんぞ」を弟のようにもてなし、「えけれしや」の出入りにも、必《かならず》仲よう手を組み合せて居った。この「しめおん」は元さる大名に仕えた、槍《やり》一すじの家がらなものじゃ。されば身のたけも抜群なに、性得《しょうとく》の剛力《ごうりき》であったに由《よ》って、伴天連が「ぜんちょ」ばらの石瓦《いしがわら》にうたるるを、防いで進ぜた事も、一度二度の沙汰《さた》ではござない。それが「ろおれんぞ」と睦《むつま》じゅうするさまは、とんと鳩《はと》になずむ荒鷲《あらわし》のようであったとも申そうか。或《あるい》は「ればのん」山の檜《ひのき》に、葡萄《えび》かずらが纏《まと》いついて、花咲いたようであったとも申そうず。

さる程に三年あまりの年月は、流るるようにすぎたに由《よ》って、「ろおれんぞ」はやがて元服もすべき時節となった。したがその頃怪しげな噂《うわさ》が伝わったと申すは「さんた・るちや」から遠からぬ町方の傘張《かさはり》の娘が、「ろおれんぞ」と親しゅうすると云《い》う事じゃ。この傘張の翁《おきな》も天主の御教《みおしえ》を奉ずる人故《ゆえ》、娘ともども「えけれしや」へは参る慣《ならわし》であったに、御祈《おんいのり》の暇にも、娘は香炉《こうろ》をさげた「ろおれんぞ」の姿から、眼を離したと申す事がござない。まして「えけれしや」への出入りには、必《かならず》髪かたちを美しゅうして、「ろおれんぞ」のいる方へ眼づかいをするが定《じょう》であった。さればおのずと奉教人衆の人目にも止り、娘が行きずりに「ろおれんぞ」の足を踏んだと云い出すものもあれば、二人が艶書《えんしょ》をとりかわすをしかと見とどけたと申すものも出て来たげでござる。

由って伴天連にも、すて置かれず思《おぼ》されたのでござろう。或日「ろおれんぞ」を召されて、白ひげを噛《か》みながら、「その方、傘張の娘と兎角《とかく》の噂ある由《よし》を聞いたが、よもやまことではあるまい。どうじゃ」とものも優しゅう尋ねられた。したが「ろおれんぞ」は、唯憂《ただうれ》わしげに頭《かしら》を振って、「そのような事は一向に存じよう筈《はず》もござらぬ」と、涙声に繰返すばかり故、伴天連もさすがに我《が》を折られて、年配と云い、日頃の信心と云い、こうまで申すものに偽《いつわり》はあるまいと思されたげでござる。

さて一応伴天連の疑《うたがい》は晴れてじゃが、「さんた・るちや」へ参る人々の間では、容易に、とこうの沙汰が絶えそうもござない。されば兄弟同様にして居った「しめおん」の気がかりは、又人一倍じゃ。始《はじめ》はかような淫《みだら》な事を、ものものしゅう詮議《せんぎ》立てするが、おのれにも恥しゅうて、うちつけに尋ねようは元より、「ろおれんぞ」の顔さえまさかとは見られぬ程であったが、或時「さんた・るちや」の後《うしろ》の庭で、「ろおれんぞ」へ宛《あ》てた娘の艶書を拾うたに由って、人気ない部屋にいたを幸《さいわい》、「ろおれんぞ」の前にその文《ふみ》をつきつけて、嚇《おど》しつ賺《すか》しつ、さまざまに問いただいた。なれど「ろおれんぞ」は唯《ただ》、美しい顔を赤らめて、「娘は私に心を寄せましたげでござれど、私は文を貰《もろ》うたばかり、とんと口を利《き》いた事もござらぬ」と申す。なれど世間のそしりもある事でござれば、「しめおん」は猶《なお》も押して問い詰《なじ》ったに、「ろおれんぞ」はわびしげな眼で、じっと相手を見つめたと思えば、「私はお主《ぬし》にさえ、嘘《うそ》をつきそうな人間に見えるそうな」と咎《とが》めるように云い放って、とんと燕《つばくら》か何ぞのように、その儘《まま》つと部屋を出て行ってしもうた。こう云われて見れば、「しめおん」も己の疑深かったのが恥しゅうもなったに由って、悄々《すごすご》その場を去ろうとしたに、いきなり駈けこんで来たは、少年の「ろおれんぞ」じゃ。それが飛びつくように「しめおん」の頭を抱くと、喘《あえ》ぐように「私が悪かった。許して下されい」と、囁《ささや》いて、こなたが一言も答えぬ間に、涙に濡《ぬ》れた顔を隠そう為か、相手をつきのけるように身を開いて、一散に又元来た方へ、走って往《い》んでしもうたと申す。さればその「私が悪かった」と囁いたのも、娘と密通したのが、悪かったと云うのやら、或は「しめおん」につれのうしたのが悪かったと云うのやら、一円合点《がてん》の致そうようがなかったとの事でござる。

するとその後間《ま》ものう起ったのは、その傘張の娘が孕《みごも》ったと云う騒ぎじゃ。しかも腹の子の父親は、「さんた・るちや」の「ろおれんぞ」じゃと、正《まさ》しゅう父の前で申したげでござる。されば傘張の翁は火のように憤《おこ》って、即刻伴天連のもとへ委細を訴えに参った。こうなる上は「ろおれんぞ」も、かつふつ云い訳の致しようがござない。その日の中《うち》に伴天連を始め、「いるまん」衆一同の談合に由って、破門を申し渡される事になった。元より破門の沙汰がある上は、伴天連の手もとを追い払われる事でござれば、糊口《ここう》のよすがに困るのも目前じゃ。したがかような罪人を、この儘《まま》「さんた・るちや」に止めて置いては、御主《おんあるじ》の「ぐろおりや」（栄光）にも関《かかわ》る事ゆえ、日頃親しゅう致いた人々も、涙をのんで「ろおれんぞ」を追い払ったと申す事でござる。

その中でも哀れをとどめたは、兄弟のようにして居った「しめおん」の身の上じゃ。これは「ろおれんぞ」が追い出されると云う悲しさよりも、「ろおれんぞ」に欺かれたと云う腹立たしさが一倍故、あのいたいけな少年が、折からの凩《こがらし》が吹く中へ、しおしおと戸口を出かかったに、傍《かたわら》から拳《こぶし》をふるうて、したたかその美しい顔を打った。「ろおれんぞ」は剛力に打たれたに由って、思わずそこへ倒れたが、やがて起きあがると、涙ぐんだ眼で、空を仰ぎながら、「御主《おんあるじ》も許させ給《たま》え。『しめおん』は、己《おの》が仕業《しわざ》もわきまえぬものでござる」と、わななく声で祈ったと申す事じゃ。「しめおん」もこれには気が挫《くじ》けたのでござろう。暫《しばら》くは唯戸口に立って、拳を空にふるうて居ったが、その外の「いるまん」衆も、いろいろととりないたれば、それを機会《しお》に手を束《つか》ねて、嵐《あらし》も吹き出《い》でようず空の如く、凄《すさま》じく顔を曇らせながら、悄々《すごすご》「さんた・るちや」の門《かど》を出る「ろおれんぞ」の後姿を、貪《むさぼ》るようにきっと見送って居った。その時居合わせた奉教人衆の話を伝え聞けば、時しも凩《こがらし》にゆらぐ日輪が、うなだれて歩む「ろおれんぞ」の頭《かしら》のかなた、長崎の西の空に沈もうず景色であったに由って、あの少年のやさしい姿は、とんと一天の火焔《かえん》の中に、立ちきわまったように見えたと申す。

その後の「ろおれんぞ」は、「さんた・るちや」の内陣に香炉をかざした昔とは打って変って、町はずれの非人小屋に起き伏しする、世にも哀れな乞食《こつじき》であった。ましてその前身は、「ぜんちょ」の輩《ともがら》にはえとりのようにさげしまるる、天主の御教を奉ずるものじゃ。されば町を行けば、心ない童部《わらべ》に嘲《あざけ》らるるは元より、刀杖瓦石《とうじょうがせき》の難に遭《お》うた事も、度々《どど》ござるげに聞き及んだ。いや、嘗《か》っては、長崎の町にはびこった、恐しい熱病にとりつかれて、七日七夜の間、道ばたに伏しまろんでは、苦み悶《もだ》えたとも申す事でござる。したが、「でうす」無量無辺の御愛憐《ごあいれん》は、その都度「ろおれんぞ」が一命を救わせ給うたのみか、施物の米銭のない折々には、山の木の実《こみ》、海の魚貝など、その日の糧《かて》を恵ませ給うのが常であった。由って「ろおれんぞ」も、朝夕の祈は「さんた・るちや」に在った昔を忘れず、手くびにかけた「こんたつ」も、青玉の色を変えなかったと申す事じゃ。なんのそれのみか、夜毎《よごと》に更闌《こうた》けて人音も静まる頃となれば、この少年はひそかに町はずれの非人小屋を脱け出《いだ》いて、月を踏んで住み馴《な》れた「さんた・るちや」へ、御主「ぜす・きりしと」の御加護を祈りまいらせに詣《もう》でて居った。

なれど同じ「えけれしや」に詣ずる奉教人衆も、その頃はとんと、「ろおれんぞ」を疎《うと》んじはてて、伴天連はじめ、誰一人憐みをかくるものもござらなんだ。ことわりかな、破門の折から所行無慚《むざん》の少年と思いこんで居ったに由って、何として夜毎に、独り「えけれしや」へ参る程の、信心ものじゃとは知らりょうぞ。これも「でうす」千万無量の御計らいの一つ故、よしない儀とは申しながら、「ろおれんぞ」が身にとっては、いみじくも亦《また》哀れな事でござった。

さる程に、こなたはあの傘張の娘じゃ。「ろおれんぞ」が破門されると間もなく、月も満たず女の子を産み落いたが、さすがにかたくなしい父の翁も、初孫《ういまご》の顔は憎からず思うたのでござろう、娘ともども大切に介抱して、自ら抱《いだ》きもし、かかえもし、時にはもてあそびの人形などもとらせたと申す事でござる。翁は元よりさもあろうずなれど、ことに稀有《けう》なは「いるまん」の「しめおん」じゃ。あの「じゃぼ」(悪魔)をも挫《ひし》ごうず大男が、娘に子が産まれるや否《いな》や、暇ある毎に傘張の翁を訪れて、無骨な腕《かいな》に幼子を抱き上げては、にがにがしげな顔に涙を浮べて、弟と愛《いつく》しんだ、あえかな「ろおれんぞ」の優姿《やさすがた》を、思い慕って居ったと申す。唯、娘のみは、「さんた・るちや」を出《い》でてこの方、絶えて「ろおれんぞ」が姿を見せぬのを、怨《うら》めしゅう歎《なげ》きわびた気色《けしき》であったれば、「しめおん」の訪れるのさえ、何かと快からず思うげに見えた。

この国の諺《ことわざ》にも、光陰に関守《せきもり》なしと申す通り、とこうする程に、一年《ひととせ》あまりの年月は、瞬《またた》くひまに過ぎたと思召《おぼしめ》されい。ここに思いもよらぬ大変が起ったと申すは、一夜の中に長崎の町の半ばを焼き払った、あの大火事のあった事じゃ。まことにその折の景色の凄《すさま》じさは、末期《まつご》の御裁判《おんさばき》の喇叭《らっぱ》の音《ね》が、一天の火の光をつんざいて、鳴り渡ったかと思われるばかり、世にも身の毛のよだつものでござった。その時、あの傘張の翁の家は、運悪う風下にあったに由って、見る見る焰《ほのお》に包まれたが、さて親子眷族《けんぞく》、慌《あわ》てふためいて、逃げ出《いだ》いて見れば、娘が産んだ女の子の姿が見えぬと云う始末じゃ。一定《いちじょう》、一間《ひとま》どころに寝かいて置いたを、忘れてここまで逃げのびたのであろうず。されば翁は足ずりをして罵《のの》りわめく。娘も亦《また》、人に遮《さえぎ》られずば、火の中へも馳《は》せ入って、助け出そう気色に見えた。なれど風は益《ますます》加わって、焰の舌は天上の星をも焦そうず吼《たけ》りようじゃ。それ故火を救いに集った町方の人々も、唯、あれよあれよと立ち騒いで、狂気のような娘をとり鎮《しず》めるより外に、せん方も亦あるまじい。所へひとり、多くの人を押しわけて、駈けつけて参ったは、あの「いるまん」の「しめおん」でござる。これは矢玉の下もくぐったげな、逞《たくま》しい大丈夫でござれば、ありようを見るより早く、勇んで焰の中へ向うたが、あまりの火勢に辟易《へきえき》致いたのでござろう。二三度煙をくぐったと見る間に、背《そびら》をめぐらして、一散に逃げ出いた。して翁と娘とが佇《たたず》んだ前へ来て、「これも『でうす』万事にかなわせたもう御計《かたわら》らいの一つじゃ。詮《せん》ない事とあきらめられい」と申す。その時翁の傍《かたわら》から、誰とも知らず、高らかに「御主、助け給え」と叫ぶものがござった。声ざまに聞き覚えもござれば、「しめおん」が頭《こうべ》をめぐらして、その声の主《ぬし》をきっと見れば、いかな事、これは紛《まが》いもない「ろおれんぞ」じゃ。清らかに痩《や》せ細った顔は、火の光に赤うかがやいて、風に乱れる黒髪も、肩に余るげに思われたが、哀れにも美しい眉目《みめ》のかたちは、一目見てそれと知られた。その「ろおれんぞ」が、乞食《こつじき》の姿のまま、群《むらが》る人々の前に立って、目もはなたず燃えさかる家を眺めて居《お》る。と思うたのは、まことに瞬く間もない程じゃ。

一しきり焔を煽《あお》って、恐しい風が吹き渡ったと見れば、「ろおれんぞ」の姿はまっしぐらに、早くも火の柱、火の壁、火の梁《うつばり》の中にはいって居った。「しめおん」は思わず遍身に汗を流いて、空高く「くるす」（十字）を描きながら、己も「御主、助け給え」と叫んだが、何故かその時心の眼には、凩《こがらし》に揺るる日輪の光を浴びて、「さんた・るちや」の門に立ちきわまった、美しく悲しげな、「ろおれんぞ」の姿が浮んだと申す。

なれどあたりに居った奉教人衆は、「ろおれんぞ」が健気《けなげ》な振舞に驚きながらも破戒の昔を忘れかねたのでもござろう。忽兎角《たちまち》の批判は風に乗って、人どよめきの上を渡って参った。と申すは、「さすが親子の情あいは争われぬものと見えた。己《おの》が身の罪を恥じて、このあたりへは影も見せなんだ『ろおれんぞ』が、今こそ一人子《ひとりご》の命を救おうとて、火の中へはいったぞよ」と、誰ともなく罵《のの》りかわしたのでござる。これには翁さえ同心と覚えて、「ろおれんぞ」の姿を眺めてからは、怪しい心の騒ぎを隠そうず為か、立ちつ居つ身を悶《もだ》えて、何やら愚しい事のみを、声高《こわだか》にひとりわめいて居った。なれど当の娘ばかりは、狂おしく大地に脆《ひざまず》いて、両の手で顔をうずめながら、一心不乱に祈誓《きせい》を凝《こ》らいて、身動きをする気色さえもござない。その空には火の粉が雨のように降りかかる。煙も地を掃《はら》って、面《おもて》を打った。したが、娘は黙然と頭《こうべ》を垂れて、身も世も忘れた祈り三昧《ざんまい》でござる。

とこうする程に、再火《ふたたび》の前に群った人々が、一度にどっとどよめくかと見れば、髪をふり乱いた「ろおれんぞ」が、もろ手に幼子をかい抱いて、乱れとぶ焔の中から、天《あま》くだるように姿を現《あらわ》いた。なれどその時、燃え尽きた梁《うつばり》の一つが、俄《にわか》に半ばから折れたのでござろう。凄じい音と共に、一なだれの煙焔《えんえん》が半空《なかぞら》に迸《ほとばし》ったと思う間もなく、「ろおれんぞ」の姿ははたと見えずなって、跡には唯火の柱が、珊瑚《さんご》の如くそば立ったばかりでござる。

あまりの凶事に心も消えて、「しめおん」をはじめ翁まで、居あわせた程の奉教人衆は、皆目の眩《くら》む思いがござった。中にも娘はけたたましゅう泣き叫んで、一度は脛《はぎ》もあらわに躍《おど》り立ったが、やがて雷《いかずち》に打たれた人のように、そのまま大地にひれふしたと申す。さもあらばあれ、ひれふした娘の手には、何時《いつ》かあの幼い女の子が、生死不定の姿ながら、ひしと抱かれて居ったをいかにしようぞ。ああ、広大無辺なる「でうす」の御知慧《おんちえ》、御力は、何とたとえ奉《たてまつ》る詞《ことば》だにござない。燃え崩れる梁《うつばり》に打たれながら、「ろおれんぞ」が必死の力をしぼって、こなたへ投げた幼子《おさなご》は、折よく娘の足もとへ、怪我もなくまろび落ちたのでござる。

されば娘が大地にひれ伏して、嬉し涙に咽《むせ》んだ声と共に、もろ手をさしあげて立った翁の口からは、「でうす」の御慈悲をほめ奉る声が、自《おのずか》らおごそかに溢《あふ》れて参った。いや、まさに溢れようずけはいであったとも申そうか。それより先に「しめおん」は、さかまく火の嵐の中へ、「ろおれんぞ」を救おうず一念から、真一文字に躍りこんだに由って、翁の声は再気《ふたたび》づかわしげな、いたましい祈りの詞《ことば》となって、夜空に高くあがったのでござる。これは元より翁のみではござない。親子を囲んだ奉教人衆は、皆一同に声を揃《そろ》えて、「御主、助け給え」と、泣く泣く祈りを捧《ささ》げたのじゃ。して「びるぜん・まりや」の御子《みこ》、なべての人の苦しみと悲しみとを己《おの》がものの如くに見そなわす、われらが御主「ぜす・きりしと」は、遂にこの祈りを聞き入れ給うた。見られい。むごたらしゅう焼けただれた「ろおれんぞ」は、「しめおん」が腕《かいな》に抱かれて、早くも火と煙とのただ中から、救い出されて参ったではないか。

なれどその夜の大変は、これのみではござなんだ。息も絶え絶えな「ろおれんぞ」が、とりあえず奉教人衆の手に舁《かつ》がれて、風上にあったあの「えけれしや」の門《かど》へ横《よこた》えられた時の事じゃ。それまで幼子を胸に抱きしめて、涙にくれていた傘張の娘は、折から門へ出でられた伴天連の足もとに跪くと、並み居る人々の目前で、「この女子は『ろおれんぞ』様の種ではおじゃらぬ。まことは妾《わらわ》が家隣《いえどなり》の『ぜんちょ』の子と密通して、もうけた娘でおじゃるわいの」と、思いもよらぬ「こいさん」（懺悔《ざんげ》）を仕《つかまつ》った。その思いつめた声《こわ》ざまの震えと申し、その泣きぬれた双《そう》の眼のかがやきと申し、この「こいさん」には、露ばかりの偽《いつわり》さえ、あろうとは思われ申さぬ。道理《ことわり》かな、肩を並べた奉教人衆は、天を焦がす猛火も忘れて、息さえつかぬように声を呑《の》んだ。

娘が涙をおさめて申し次いだは、「妾は日頃『ろおれんぞ』様を恋い慕うて居ったなれど、御信心の堅固さからあまりにつれなくもてなされる故、つい怨む心も出て、腹の子を『ろおれんぞ』様の種と申し偽り、妾につらかった口惜《くや》しさを思い知らそうと致いたのでおじゃる。なれど『ろおれんぞ』様の御心の気高《けだか》さは、妾が大罪をも憎ませ給わいで、今宵《こよい》は御身の危さをもうち忘れ、『いんへるの』（地獄）にもまごう火焰《かえん》の中から、妾が娘の一命を辱《かたじけな》くも救わせ給うた。その御憐み、御計らい、まことに御主『ぜす・きりしと』の再来かともおがまれ申す。さるにても妾が重々の極悪《ごくあく》を思えば、この五体は忽《たちまち》『じゃぼ』の爪《つめ》にかかって、寸々に裂かれようとも、中々怨む所はおじゃるまい」娘は「こいさん」を致《いた》いも果てず、大地に身を投げて泣き伏した。

二重三重《ふたえみえ》に群った奉教人衆の間から、「まるちり」（殉教）じゃ、「まるちり」じゃと云う声が、波のように起ったのは、丁度この時の事でござる。殊勝《けなげ》にも「ろおれんぞ」は、罪人を憐む心から、御主「ぜす・きりしと」の御行跡を踏んで、乞食にまで身を落いた。して父と仰ぐ伴天連も、兄とたのむ「しめおん」も、皆その心を知らなんだ。これが「まるちり」でのうて、何でござろう。

したが、当の「ろおれんぞ」は、娘の「こいさん」を聞きながらも、僅《わずか》に二三度頷《うなず》いて見せたばかり、髪は焼け肌は焦げて、手も足も動かぬ上に、口をきこう気色さえも、今は全く尽きたげでござる。娘の「こいさん」に胸を破った翁と「しめおん」とは、その枕《まくら》がみに蹲《うずくま》って、何かと介抱を致いて居ったが、「ろおれんぞ」の息は、刻々に短うなって、最期ももはや遠くはあるまじい。唯、日頃と変らぬのは、遥《はるか》に天上を仰いで居る、星のような瞳《ひとみ》の色ばかりじゃ。

やがて娘の「こいさん」に耳をすまされた伴天連は、吹き荒《すさ》ぶ夜風に白ひげをなびかせながら、「さんた・るちや」の門《かど》を後《うしろ》にして、おごそかに申されたは、「悔い改むるものは、幸《さいわい》じゃ。何しにその幸なものを、人間の手に罰しようぞ。これより益《ますます》、『でうす』の御戒《おんいましめ》を身にしめて、心静に末期の御裁判《おさばき》の日を待ったがよい。又『ろおれんぞ』がわが身の行儀を、御主『ぜす・きりしと』とひとしくし奉ろうず志はこの国の奉教人衆の中にあっても、類稀《たぐいまれ》なる徳行でござる。別して少年の身とは云い――」ああ、これは又何とした事でござろうぞ。ここまで申された伴天連は、俄《にわか》にはたと口を噤《つぐ》んで、あたかも「はらいそ」の光を望んだように、じっと足もとの「ろおれんぞ」の姿を見守られた。その恭《うやうや》しげな容子《ようす》は、どうじゃ。その両の手のふるえざまも、尋常《ただ》の事ではござるまい。おう、伴天連のからびた頬の上には、とめどなく涙が溢れ流れるぞよ。見られい。「しめおん」。見られい。傘張の翁。御主「ぜす・きりしと」の御血潮よりも赤い、火の光を一身に浴びて、声もなく「さんた・るちや」の門に横わった、いみじくも美しい少年の胸には、焦げ破れた衣のひまから、清らかな二つの乳房が、玉のように露《あらわ》れて居るではないか。今は焼けただれた面輪《おもわ》にも、自《おの》ずからなやさしさは、隠れようすべもあるまじい。おう、「ろおれんぞ」は女じゃ。「ろおれんぞ」は女じゃ。見られい。猛火《みょうか》を後にして、垣《かき》のように佇《たたず》んでいる奉教人衆。邪淫《じゃいん》の戒《いましめ》を破ったに由って「さんた・るちや」を逐《お》われた「ろおれんぞ」は、傘張の娘と同じ、眼《ま》なざしのあでやかなこの国の女じゃ。

まことにその刹那《せつな》の尊い恐しさは、あだかも「でうす」の御声が、星の光も見えぬ遠い空から、伝わって来るようであったと申す。されば「さんた・るちや」の前に居並んだ奉教人衆は、風に吹かれる穂麦のように、誰からともなく頭《こうべ》を垂れて、悉《ことごとく》「ろおれんぞ」のまわりに跪《ひざまず》いた。その中で聞えるものは、唯、空をどよもして燃えしきる、万丈の焰の響ばかりでござる。いや、誰やらの啜《すす》り泣く声も聞えたが、それは傘張の娘でござろうか。或《あるい》は又自ら兄とも思うた、あの「いるまん」の「しめおん」でござろうか。やがてその寂寞《じゃくまく》たるあたりをふるわせて、「ろおれんぞ」の上に高く手をかざしながら、伴天連の御経を誦《ず》せられる声が、おごそかに悲しく耳にはいった。して御経の声がやんだ時、「ろおれんぞ」と呼ばれた、この国のうら若い女は、まだ暗い夜のあなたに、「はらいそ」の「ぐろおりや」を仰ぎ見て、安らかなほほ笑みを唇に止めたまま、静に息が絶えたのでござる。………

その女の一生は、この外に何一つ、知られなんだげに聞き及んだ。なれどそれが、何事でござろうぞ。なべて人の世の尊さは、何ものにも換え難い、刹那の感動に極《きわま》るものじゃ。暗夜《やみよ》の海にも譬《たと》えようず煩悩心《ぼんのうしん》の空に一波《いっぱ》をあげて、未《いま》だ出ぬ月の光を、水沫《みなわ》の中へ捕えてこそ、生きて甲斐《かい》ある命とも申そうず。されば「ろおれんぞ」が最後を知るものは「ろおれんぞ」の一生を知るものではござるまいか。

二

予が所蔵に関る、長崎耶蘇会《やそかい》出版の一書、題して「れげんだ・おうれあ」と云う。蓋《けだ》し、LEGENDA AUREA の意なり。されど内容は必しも、西欧の所謂《いわゆる》「黄金伝説」ならず。彼土《かのど》の使徒聖人が言行を録すると共に、併せて本邦西教徒が勇猛精進の事蹟《じせき》をも採録し、以《もっ》て福音《ふくいん》伝道の一助たらしめんとせしものの如し。

体裁は上下二巻、美濃紙摺草体交《みのがみずりそうたいまじ》り平仮名文にして、印刷甚しく鮮明を欠き、活字なりや否やを明《あきらか》にせず。上巻の扉には、羅甸《らてん》字にて書名を横書し、その下に漢字にて「御出世以来千五百九十六年、慶長二年三月上旬鏤刻也《るこくなり》」の二行を縦書す。年代の左右には喇叭《らっぱ》を吹ける天使の画像あり。技巧頗《すこぶる》幼稚なれども、亦掬《またきく》す可《べ》き趣致《しゅち》なしとせず。下巻も扉に「五月中旬鏤刻也」の句あるを除いては、全く上巻と異同なし。

両巻とも紙数は約六十頁にして、載《の》する所の黄金伝説は、上巻八章、下巻十章を数う。その他各巻の巻首に著者不明の序文及《および》羅甸字を加えたる目次あり。序文は文章雅馴《がじゅん》ならずして、間々欧文を直訳せる如き語法を交え、一見その伴天連たる西人の手になりしやを疑わしむ。

以上採録したる「奉教人の死」は、該《がい》「れげんだ・おうれあ」下巻第二章に依るものにして、恐らくは当時長崎の一西教寺院に起りし、事実の忠実なる記録ならんか。但《ただし》、記事中の大火なるものは、「長崎港草」以下諸書に徴《ちょう》するも、その有無をすら明にせざるを以て、事実の正確なる年代に至っては、全くこれを決定するを得ず。

予は「奉教人の死」に於て、発表の必要上、多少の文飾を敢《あえ》てしたり。もし原文の平易雅馴なる筆致にして、甚しく毀損《きそん》せらるる事なからんか、予の幸甚《こうじん》とする所なりと云爾《しかいう》。

（底本は、岩波書店『芥川龍之介全集』）

じゆりあの・吉助

一

じゆりあの・吉助は、肥前国彼杵郡浦上村《ひぜんのくにそのきごおりうらかみむら》の産《さん》であった。早く父母に死に別れたので、幼少の頃から、土地の乙名《おとな》三郎治と云うものの下男になった。が、性来愚鈍な彼は、始終朋輩の弄《なぶ》り物にされて、牛馬同様な賎役《せんやく》に服さなければならなかった。

その吉助が十八九の時、三郎治の一人娘の兼《かね》と云う女に懸想《けそう》をした。兼は勿論この下男の恋慕の心などは顧《かえりみ》なかった。のみならず人の悪い朋輩は、早くもそれに気がつくと、愈彼を嘲弄した。吉助は愚物ながら、悶々の情に堪えなかったものと見えて、或夜私《ひそか》に住慣れた三郎治の家を出奔した。

それから三年の間、吉助の消息は杳《よう》として誰も知るものがなかった。

が、その後彼は乞食のような姿になって、再び浦上村へ帰って来た。そうして元の通り三郎治に召使われる事になった。爾来《じらい》彼は朋輩の軽蔑も意としないで、唯《ただ》まめまめしく仕えていた。殊《こと》に娘の兼に対しては、飼犬よりも更に忠実だった。娘はこの時既に婿を迎えて、誰も羨むような夫婦仲であった。

こうして一二年の歳月は、何事もなく過ぎて行った。が、その間に朋輩は吉助の挙動に何となく不審な所のあるのを嗅ぎつけた。そこで彼等は好奇心に駆られて、注意深く彼を監視し始めた。すると果して吉助は、朝夕一度づつ、額に十字を劃《かく》して、祈禱《きとう》を捧げる事を発見した。彼等はすぐその旨を三郎治に訴えた。三郎治も後難を恐れたと見えて、即座に彼を浦上村の代官所へ引き渡した。

彼は捕手《とりて》の役人に囲まれて、長崎の牢屋へ送られる時も、更に悪びれる気色を示さなかった。いや、伝説によれば、愚物の吉助の顔が、その時はまるで天上の光に遍照されたかと思う程、不思議な威厳に満ちていたと云う事であった。

二

奉行《ぶぎょう》の前に引き出された吉助は、素直に切支丹宗門を奉ずるものだと白状した。それから彼と奉行との間には、こう云う問答が交換された。

奉行「その方どもの宗門は何と申すぞ」

吉助「べれんの国の御若君、えす・きりすと様、並びに隣国の御息女、さんた・まりあ様でござる」

奉行「そのものどもは如何なる姿を致して居るぞ」

吉助「われら夢に見奉るえす・きりすと様は、紫の大振袖を召させ給うた、美しい若衆の御姿でござる。まつたさんた・まりあ姫は、金糸銀糸の繡《ぬい》をされた、襠《かいどり》の御姿《おんすがた》と拝み申す」

奉行「そのものどもが宗門神となったは、如何なる謂《いわ》れがあるぞ」
吉助「えす・きりすと様、さんた・まりあ姫に恋をなされ、焦がれ死に果てさせ給うたによって、われと同じ苦しみに悩むものを、救うてとらしょうと思召し、宗門神となられたげでござる。」
奉行「その方は何処の何ものより、さような教を伝授されたぞ」
吉助「われら三年の間、諸処を経《へ》めぐった事がござる。その折さる海辺にて、見知らぬ紅毛人より伝授を受け申した」
奉行「伝授するには、如何なる儀式を行うた」
吉助「御水を頂戴致いてから、じゆりあのと申す名を賜ってござる」
奉行「してその紅毛人は、その後何処へ赴《おもむ》いたぞ」
吉助「されば稀有《けう》な事でござる。折から荒れ狂うた浪を踏んで、いずかた方へか姿を隠し申した」
奉行「この期《ご》に及んで、空事《そらごと》を申したら、その分にはさし置くまいぞ」
吉助「何で偽《いつわり》などを申上げうず。皆紛れない真実でござる」
奉行は吉助の申し条を不思議に思った。それは今まで調べられた、どの切支丹門徒の申し条とも、全く変ったものであった。が、奉行が何度吟味を重ねても、頑として吉助は、彼の述べた所を翻さなかった。

三

じゆりあの・吉助は、遂に天下の大法通り、磔刑《たくけい》に処せられる事になった。

その日彼は町中を引き廻された上、さんと・もんたにの下の刑場で、無残にも磔《はりつけ》に懸けられた。磔柱《はりつけばしら》は周囲の竹矢来の上に、一際高く十字を描いていた。彼は天を仰ぎながら、何度も高々と祈禱を唱えて、恐れげもなく非人の槍を受けた。その祈禱の声と共に、彼の頭上の天には、一団の油雲が湧き出でて、程なく凄じい大雷雨が沛然《はいぜん》として刑場へ降り注いだ。再び天が晴れた時、磔柱の上のじゆりあの・吉助は、既に息が絶えていた。が、竹矢来の外にいた人々は、今でも彼の祈禱の声が、空中に漂っているような心もちがした。

それは「べれんの国の若君様、今は何処にましますか、御褒《おんほ》め讃《たた》え給へ」と云う。簡古素朴な祈禱だった。

彼の屍骸を磔柱から下ろした時、非人は皆それが美妙な香を放っているのに驚いた。見ると、吉助の口の中からは、一本の白い百合の花が、不思議にも水々しく咲き出ていた。

これが長崎著聞集、公教遺事《こうきょういじ》、瓊浦把燭談《けいほはしょくだん》等に散見する、じゆりあの・吉助の一生である。そうして又日本の殉教者中、最も私の愛している、神聖な愚人の一生である。

（底本は、岩波書店『芥川龍之介全集』）

おぎん

元和《げんな》か、寛永《かんえい》か、兎《と》に角《かく》遠い昔である。

天主のおん教《おしえ》を奉ずるものは、その頃でももう見つかり次第、火炙《ひあぶ》りや磔《はりつけ》に遇《あ》わされていた。しかし迫害が烈《はげ》しいだけに、「万事にかない給《たま》うおん主《あるじ》」も、その頃は一層この国の宗徒に、あらたかな御加護《おんかご》を加えられたらしい。長崎あたりの村村には、時時日の暮の光と一しょに、天使や聖徒の見舞う事があった。現にあのさん・じょあん・ばちすたさえ、一度などは浦上《うらかみ》の宗徒みげる弥兵衛《やへえ》の水車小屋に、姿を現したと伝えられている。と同時に悪魔も亦《また》宗徒の精進を妨げる為、或《あるい》は見慣れぬ黒人となり、或は舶来の草花となり、或は網代《あじろ》の乗物となり、屡《しばしば》同じ村村に出没した。夜昼さえ分たぬ土の牢《ろう》に、みげる弥兵衛を苦しめた鼠《ねずみ》も、実は悪魔の変化《へんげ》だったそうである。弥兵衛は元和八年の秋、十一人の宗徒と火炙《あぶ》りになった。――

その元和か、寛永か、兎《と》に角《かく》遠い昔である。

やはり浦上の山里村《やまざとむら》に、おぎんと云《い》う童女が住んでいた。おぎんの父母《ちちはは》は大阪から、はるばる長崎へ流浪して来た。が、何もし出さない内に、おぎん一人を残した儘《まま》、二人とも故人になってしまった。勿論《もちろん》彼等他国ものは、天主のおん教を知る筈《はず》はない。彼等の信じたのは仏教である。禅《ぜん》か、法華《ほっけ》か、それとも又浄土《じょうど》か、何にもせよ釈迦の教である。或《ある》仏蘭西《ふらんす》のジェスウィットによれば、天性奸智《かんち》に富んだ釈迦は、支那各地を遊歴しながら、阿弥陀《あみだ》と称する仏の道を説いた。その後《ご》又日本の国へも、やはり同じ道を教に来た。釈迦の説いた教によれば、我我人間の霊魂《アニマ》は、その罪の軽重深浅に従い、或は小鳥となり、或は牛となり、或は又樹木となるそうである。のみならず釈迦は生まれる時、彼の母を殺したと云う。釈迦の教の荒誕《こうたん》なのは勿論《もちろん》、釈迦の大悪も亦《また》明白である。（ジァン・クラッセ）しかしおぎんの母親は、前にもちょいと書いた通り、そう云う真実を知る筈はない。彼等は息を引きとった後《のち》も、釈迦の教を信じている。寂しい墓原《はかはら》の松のかげに、末は「いんへるの」に堕《お》ちるのも知らず、はかない極楽を夢見ている。

　しかしおぎんは幸いにも、両親の無知に染まっていない。これは山里村居つきの農夫、憐《あわれ》みの深いじょあん孫七は、とうにこの童女の額へ、ばぷちずものおん水を注いだ上、まりやと云う名を与えていた。おぎんは釈迦が生まれた時、天と地とを指さしながら、「天上天下唯我独尊《てんじょうてんがゆいがどくそん》」と獅子吼《ししく》した事などは信じていない。その代りに、「深く御柔軟《ごにゅうなん》、深く御哀憐《ごあいれん》、勝《すぐ》れて甘《うま》くまします童女さんた・まりあ様」が、自然と身ごもった事を信じている。「十字架に懸り死し給《たま》い、石の御棺《ごかん》に納められ給い、大地の底に」埋められたぜすすが、三日の後《のち》よみ返った事を信じている。御糾明《ごきゅうめい》の喇叭《らっぱ》さえ響き渡れば「おん主《あるじ》、大いなる御威光、大いなる御威勢を以《もっ》て天下《あまくだ》り給い、土埃《つちほこり》になりたる人人の色身《しきしん》を、もとの霊魂《アニマ》に併せてよみ返し給い、善人は天上の快楽《けらく》を受け、又悪人は天狗《てんぐ》と共に、地獄に堕ち」る事を信じている。殊《こと》に「御言葉《みことば》の御聖徳《ごしょうとく》により、ぱんと酒の色形は変らずと雖《いえど》も、その正体はおん主の御血肉《おんけつにく》となり変る」尊いさがらめんとを信じている。おぎんの心は両親のように、熱風に吹かれた砂漠《さばく》ではない。素朴《そぼく》な野薔薇《のばら》の花を交えた、実りの豊かな麦畠《むぎばたけ》である。おぎんは両親を失った後《のち》、じょあん孫七の養女になった。孫七の妻、じょあんなおすみも、やはり心の優しい女である。おぎんはこの夫婦と一しょに、牛を追ったり麦を刈ったり、幸福にその日を送っていた。勿論そう云う暮しの中にも、村人の目に立たない限りは、断食《だんじき》や祈禱《きとう》も怠った事はない。おぎんは井戸端の無花果《いちじく》のかげに、大きい三日月を仰ぎながら、屡《しばしば》熱心に祈禱を凝《こ》らした。この垂れ髪の童女の祈禱は、こう云う簡単なものなのである。

「憐みのおん母、おん身におん礼をなし奉《たてまつ》る。流人《るにん》となれるえわの子供、おん身に叫びをなし奉る。あわれこの涙の谷に、柔軟のおん眼をめぐらさせ給え。あんめい」

すると或年のなたら（降誕祭《くりすます》）の夜《よ》、悪魔は何人かの役人と一しょに、突然孫七の家へはいって来た。孫七の家には大きい囲炉裡《いろり》に「お伽《とぎ》の焚《た》き物《もの》」の火が燃えさかっている。それから煤《すす》びた壁の上にも、今夜だけは十字架が祭ってある。最後に後ろの牛小屋へ行けば、ぜすす様の産湯《うぶゆ》の為に、飼桶《かいおけ》に水が湛《たた》えられている。役人は互に頷《うなず》き合いながら、孫七夫婦に縄をかけた。おぎんも同時に括《くく》り上げられた。しかし彼等は三人とも、全然悪びれる気色《けしき》はなかった。あにま（霊魂《アニマ》）の助かりの為ならば、如何《いか》なる責苦も覚悟である。おん主は必《かならず》我等の為に、御加護を賜《たま》わるのに違いない。第一なたらの夜に捕われたと云うのは、天寵《てんちょう》の厚い証拠ではないか？　彼等は皆云い合せたように、こう確信していたのである。役人は彼等を縛《いまし》めた後《のち》、代官の屋敷へ引き立てて行った。が、彼等はその途中も、暗夜《やみよ》の風に吹かれながら、御降誕の祈禱を誦《じゅ》しつづけた。

「べれんの国にお生まれなされたおん若君様、今はいずこにましますか？
　おん讃《ほ》め尊《あが》め給え」

悪魔は彼等の捕われたのを見ると、手を拍《う》って喜び笑った。しかし彼等のけなげなさまには、少からず腹を立てたらしい。悪魔は一人になった後《のち》、忌忌《いまいま》しそうに唾《つば》をするが早いか、忽《たちま》ち大きい石臼《いしうす》になった。そうしてごろごろ転がりながら闇《やみ》の中に消え失《う》せてしまった。

じょあん孫七、じょあんなおすみ、まりやおぎんの三人は、土の牢に投げこまれた上、天主のおん教を捨てるように、いろいろの責苦《せめく》に遇わされた。しかし水責《みずぜめ》や火責に遇っても、彼等の決心は動かなかった。たとい皮肉は爛《ただ》れるにしても、はらいそ（天国）の門へはいるのは、もう一息の辛抱である。いや、天主の大恩を思えば、この暗い土の牢さえ、その儘「はらいそ」の荘厳《そうごん》と変りはない。のみならず尊い天使や聖徒は、夢ともうつつともつかない中に、屢《しばしば》彼等を慰めに来た。殊にそういう幸福は、一番おぎんに恵まれたらしい。おぎんはさん・じょあん・ばちすたが、大きい両手の手のひらに、蝗《いなご》を沢山掬《すく》い上げながら、食えと云う所を見た事がある。又大天使がぶりえるが、白い翼を畳んだ儘《まま》、美しい金色《こんじき》の杯《さかずき》に、水をくれる所を見た事もある。

代官は天主のおん教は勿論、釈迦の教も知らなかったから、なぜ彼等が剛情を張るのか、さっぱり理解が出来なかった。時には三人とも、気違いではないかと思う事もあった。しかし気違いでもない事がわかると、今度は大蛇《だいじゃ》とか一角獣とか、兎《と》に角《かく》人倫には縁のない動物のような気がし出した。そう云う動物を生かして置いては、今日《こんにち》の法律に違《たが》うばかりか、一国の安危にも関《かかわ》る訣《わけ》である。そこで代官は一月《つき》ばかり、土の牢に彼等を入れて置いた後《のち》、とうとう三人とも焼き殺す事にした。（実を云えばこの代官も、世間一般の代官のように、一国の安危に関るかどうか、そんな事は殆《ほとん》ど考えなかった。これは第一に法律があり、第二に人民の道徳があり、わざわざ考えて見ないでも、格別不自由はしなかったからである。）

じょあん孫七を始め三人の宗徒は、村はずれの刑場へ引かれる途中も、恐れる気色は見えなかった。刑場は丁度墓原に隣った、石ころの多い空き地である。彼等は其処へ到着すると、一一《いちいち》罪状を読み聞かされた後《のち》、太い角柱《かくばしら》に括りつけられた。それから右にじょあんなおすみ、中央にじょあん孫七、左にまりやおぎんと云う順に、刑場のまん中へ押し立てられた。おすみは連日の責苦の為、急に年をとったように見える。孫七も髭《ひげ》の伸びた頬には、殆ど血の気が通っていない。おぎんも——おぎんは二人に比べると、まだしもふだんと変らなかった。が、彼等は三人とも、堆《うずたか》い薪《たきぎ》を踏まえた儘《まま》、同じように静かな顔をしている。

　刑場のまわりにはずっと前から、大勢の見物が取り巻いている。その又見物の向うの空には、墓原の松が五六本、天蓋《てんがい》のように枝を張っている。

　一切の準備の終った時、役人の一人は物物しげに、三人の前へ進みよると、天主のおん教を捨てるか捨てぬか、少時《しばらく》猶予《ゆうよ》を与えるから、もう一度よく考えて見ろ、もしおん教を捨てると云えば、直《すぐ》にも縄目を赦《ゆる》してやると云った。しかし彼等は答えない。皆遠い空を見守った儘《まま》、口もとには微笑さえ湛えている。

　役人は勿論見物すら、この数分の間位ひっそりとなったためしはない。無数の眼はじっと瞬《またた》きもせず、三人の顔に注がれている。が、これは傷《いたま》しさの余り、誰も息を呑《の》んだのではない。見物は大抵火のかかるのを、今か今かと待っていたのである。役人は又処刑の手間どるのに、すっかり退屈し切っていたから、話をする勇気も出なかったのである。

すると突然一同の耳は、はっきりと意外な言葉を捉えた。

「わたしはおん教を捨てる事に致しました」

声の主はおぎんである。見物は一度に騒ぎ立った。が、一度どよめいた後《のち》、忽《たちま》ち又静かになってしまった。それは孫七が悲しそうに、おぎんの方を振り向きながら、力のない声を出したからである。

「おぎん！　お前は悪魔にたぶらかされたのか？　もう一辛抱しさえすれば、おん主の御顔も拝めるのだぞ」

その言葉が終らない内に、おすみも遥《はる》かにおぎんの方へ、一生懸命な声をかけた。

「おぎん！　おぎん！　お前には悪魔がついたのだよ。祈っておくれ。祈っておくれ」

しかしおぎんは返事をしない。唯眼は大勢の見物の向うの、天蓋のように枝を張った、墓原の松を眺めている。その内にもう役人の一人は、おぎんの縄目を赦《ゆる》すように命じた。

じょあん孫七はそれを見るなり、あきらめたように眼をつぶった。

「万事にかない給うおん主、おん計らいに任せ奉る」

やっと縄を離れたおぎんは、茫然《ぼうぜん》と少時《しばらく》佇《たたず》んでいた。が、孫七やおすみを見ると、急にその前へ跪《ひざまず》きながら、何も云わずに涙を流した。孫七はやはり眼を閉じている。おすみも顔をそむけた儘《まま》、おぎんの方は見ようともしない。

「お父様、お母様、どうか堪忍《かんにん》して下さいまし」

おぎんはやっと口を開いた。

「わたしはおん教を捨てました。その訣《わけ》はふと向うに見える、天蓋のような松の梢《こずえ》に、気のついたせいでございます。あの墓原の松のかげに、眠っていらっしゃる御両親は、天主のおん教も御存知なし、きっと今頃はいんへるのに、お堕ちになっていらっしゃいましょう。それを今わたし一人、はらいその門にはいったのでは、どうしても申し訣《わけ》がありません。わたしはやはり地獄の底へ、御両親の跡を追って参りましょう。どうかお父様やお母様は、ぜすす様やまりや様の御側《おそば》へお出《い》でなすって下さいまし。その代りおん教を捨てた上は、わたしも生きては居られません。……………」

おぎんは切れ切れにそう云ってから、後《あと》は啜《すす》り泣きに沈んでしまった。すると今度はじょあんなおすみも、足に踏んだ薪の上へ、ほろほろ涙を落し出した。これからはらいそへはいろうとするのに、用もない歎《なげ》きに耽《ふけ》っているのは、勿論《もちろん》宗徒のすべき事ではない。じょあん孫七は、苦苦《にがにが》しそうに隣の妻を振り返りながら、癇高《かんだか》い声に叱《しか》りつけた。

「お前も悪魔に見入られたのか？　天主のおん教を捨てたければ、勝手にお前だけ捨てるが好《い》い。おれは一人でも焼け死んで見せるぞ」

「いえ、わたしもお供を致します。けれどもそれは――それは――」

おすみは涙を呑みこんでから、半ば叫ぶように言葉を投げた。

「けれどもそれははらいそへ参りたいからではございません。唯あなたの、――あなたのお供を致すのでございます」

孫七は長い間黙っていた。しかしその顔は蒼《あお》ざめたり、又血の色を漲《みなぎ》らせたりした。と同時に汗の玉も、つぶつぶ顔にたまり出した。孫七は今心の眼に、彼のあにまを見ているのである。彼のあにまを奪い合う天使と悪魔とを見ているのである。もしその時足もとのおぎんが泣き伏した顔を挙げずにいたら、――いや、もうおぎんは顔を挙げた。しかも涙に溢《あふ》れた眼には、不思議な光を宿しながら、じっと彼を見守っている。この眼の奥に閃《ひらめ》いているのは、無邪気な童女の心ばかりではない。「流人となれるえわの子供」、あらゆる人間の心である。

「お父様！　いんへるのへ参りましょう。お母様も、わたしも、あちらのお父様やお母様も、――みんな悪魔にさらわれましょう」

　孫七はとうとう堕落した。

　この話は我国に多かった奉教人の受難の中《うち》でも、最も恥ずべき躓《つまず》きとして、後代《こうだい》に伝えられた物語である。何でも彼等が三人ながら、おん教を捨てるとなった時には、天主の何たるかをわきまえない見物の老若男女さえも、悉《ことごと》く彼等を憎んだと云う。これは折角の火炙《あぶ》りも何も、見そこなった遺恨だったかも知れない。更に又伝うる所によれば、悪魔はその時大歓喜のあまり、大きい書物に化けながら、夜中《よじゅう》刑場に飛んでいたと云う。これもそう無性《むしょう》に喜ぶ程、悪魔の成功だったかどうか、作者は甚《はなは》だ懐疑的である。

（底本は、岩波書店『芥川龍之介全集』）

作品解説

長崎を舞台とした五篇

芥川龍之介の小説作品から五篇を選んで、載せることにした。

岩波書店発行『芥川龍之介全集』（全二十四巻）最新版所載の作品を底本にしたが、『ロレンゾオの恋物語』だけは、全集未所載なので、葛巻義敏編『芥川龍之介未定稿集』（一九六八年・岩波書店刊）所載の作品を底本とした。ただし、作品の読みやすさを考慮して、漢字は新字体に改め、適宜、ルビ（ふりがな）を振った箇所もある。さらに、『ロレンゾオの恋物語』を除いた作品は、これもまた読みやすさを考慮して、現代仮名づかいに改めた。『ロレンゾオの恋物語』は擬古文の作品なので、旧仮名づかいのままとした。

作品五篇はいずれも長崎を舞台とした作品である。しかしこれには、異論があるかもしれない。『ロレンゾオの恋物語』と『奉教人の死』は作品のなかに、「長崎」の地名が記されているので問題はない。『煙草と悪魔』には地名の記載はない。現在、長崎市桜馬場町に「烟草初植地」の石碑があり「たばこ栽培発祥の地」の説明板があるので、この小説の舞台もこのあたりと想定する。この件については、この小説の解説のところでさらに詳しく説明したい。『じゆりあの・吉助』と『おぎん』の舞台は浦上村である。厳密にいうと当時はまだ長崎ではなく、長崎近辺の村であった。しかし、大正二年（一九一三）長崎市に編入され、昭和二十年（一九四五）八月九日の長崎原爆投下の爆心地となった場所である。浦上は長崎と考えてよいであろう。

以下、個々の作品について解説を試みる。

『ロレンゾオの恋物語』―長崎の娘への恋に悩む主人公

『ロレンゾオの恋物語』は、葛巻義敏の説明によると、芥川龍之介の第一高等学校時代の作文であるという。大正元年（一九一二）九月ごろ、芥川龍之介満二十歳の制作である。芥川の作家デビュー以前の習作を取りあげるのは、作者にとって失礼に当たるという思いもないではないが、芥川がかなり以前から「長崎」を意識していたことの考察のために必要と考えたからである。

明治四十四年（一九一一）八月十一日の『鷗外日記』に、「永井荷風長崎に立つとて告別に来ぬ」の記述がある。荷風は前年の二月、森鷗外の推薦で慶応義塾文科教授に就任し、五月には『三田文学』を発刊した。夏期休暇中の旅の挨拶のため鷗外宅を訪れたのであろう。荷風は八月十四日、横浜港から上海行きの汽船に乗船。神戸、門司を経て、長崎に上陸したのが八月十七日。長崎に一泊したあと、長崎郊外の茂木の港から島原の小浜へ渡り、小浜のホテルでまる二日間を過ごし、帰りは長崎のホテルに一泊して、横浜行きの汽船に乗って東京に帰り着いたのである。

荷風はこの旅を題材にした随筆「海洋の旅」を『三田文学』（十月号）に載せ、十一月発行の単行本『紅茶の後』に収めている。「海洋の旅」は「長崎」を称賛した随筆としてよく知られている。

「自分は出来るだけ遠く自分の住んでゐる世界から離れたやうな心持になりたかつた。人間から遠ざかりたかつた。この目的のためには、汽車で行く内地の山間よりも、船を以て海洋に泛《うか》ぶに如《し》くはない。海は実に大きく自由である」

と荷風は述べる。

「昨日も海、今日もまた海、そして四日目の朝に、自分は絵のやうに美しく細長い入江の奥なる長崎に着いたのである」

「長崎は京都と同じやうに、極めて綺麗な、物静かな都であつた。石道《いしみち》と土塀《どべい》と古寺《ふるでら》と墓地と大木の多い街であつた。花の多い街であつた。樹木の葉の色は東京などよりも一層鮮かに濃いやうに見えた。…（中略）…果物を売り歩く女の呼声が湿気のない晴れ渡つた炎天の下《もと》に、長崎は日本からも遠く、支那からも遠く、切支丹の本国からも遠い遠い処である事を、沁々《しみじみ》と旅客の心に感じさせるやうに響く」

荷風の叙述はこれ以後も、長崎の様子、小浜の海のことなどに及ぶのだが、後の引用は省略する。私は芥川龍之介がこの随筆を読んで、長崎への憧れの気持を募らせたのではないかと推測する。少なくとも、読んだだろうと思われる。

大正十一年（一九二二）六月、芥川が『婦女界』に載せた『長崎』と題する短い印象文のなかに、斎藤茂吉、ピエール・ロティ、沈南蘋《しんなんぴん》、北原白秋などとともに、永井荷風の名が記されている。いずれも長崎に関係する人物であり、永井荷風は『海洋の旅』の著者であるが故に、ここに記されたのである。「海洋の旅」に、「果物を売り歩く女の呼声が……沁々《しみじみ》と旅客の心に感じさせるやうに響く」の記述がある。『ロレンゾオの恋物語』の主人公が一目惚れした長崎の娘は、果物売りであったことが思い合わされる。

ロレンゾオを恋に悩ませる長崎の娘は、さまざまの国々を廻って来たロレンゾオに、「未《いま》だ此処《ここ》日本の長崎にて始めてかのひとにあひしばかり、あつきまことの恋を覚えしはあらず」と描写されるような女人であった。「年は一五、六なるべし。黄なる『べべ、ニッポン』に長き帯むすびさげて、黒く清らかにほゝゑめる目の媚びたるも、髪にかざせる紅椿のやうに艶なり」の描写もある。若き芥川龍之介がこの習作において、最高級に理想化された女人像を描いているのである。芥川のまだ見ぬ長崎への憧れがこの描写を生んだのであろう。

竹久夢二が永見徳太郎に贈った『長崎十二景』の絵は夢二の美人画だが、そのなかに三枚ほどピエール・ロティとお菊さんを思わせる絵がある。明治の居留地時代、異人さんの長崎妻となった女人がいたことも確かである。芥川の文章のなかにそのことに少し触れた箇所がある（『旅のおもひで』大正十四年六月『東京日日新聞』）。芥川のイメージのなかにロティの作品が投影されていたのかもしれない。長崎は南蛮人や唐人が町に雑居していた時代がある。他国人をもてなす雰囲気は伝統的にある町だ。異国情緒の町といわれるが、そこに住む人も異国人との混血の祖先をもつゆえか、容貌も異国風である。とくに長崎の女人は異国風の美貌である。『ロレンゾオの恋物語』に登場する長崎娘もそのような美貌であったのだろうか。

芥川龍之介の習作『ロレンゾオの恋物語』は、果物売りの娘の病死を聞いたロレンゾオが消息を絶つという悲しい場面で終わる。

「かれの部屋の壁には猶《なお》、絃断《げんた》えたるマンドリンかゝりて、きらびやかなる蔦《つた》の葉のまつろへる軒《のき》には今も恋わたる燕《つばくら》のかたらひしげけれども」の結びの文は、悲しい物語に余韻を添えている。

作品中に逐語注を施すのは煩わしいので個々の作品の解説のなかで最小限の語注を記す。『ロレンゾオの恋物語』は擬古文の作品のため聞き慣れない言葉がある。「白きくゞひ」は「白鳥」である。「薔薇（さうび）」は漢字にルビが振ってある場合はわかるが、「黄さうび」と仮名書きの箇所が二箇所ある。「黄色いバラ」の意味であろう。「にがよもぎ」は国語辞典などによると、キク科の多年草で、アブサン（酒）の原料になるとのこと。作品中には「アブサントの酔《よひ》」と出てくる。「玻璃円閣《はりえんかく》にたばしる」は「ガラスのドームに飛び散る」といった意味であろう。「青琅玕《せいろうかん》」は「硯石《すずりいし》」の一種である。

最初のキリシタンもの

『煙草と悪魔』は芥川の切支丹物（キリシタンもの）の最初の作品である。大正五年（一九一七）十一月、同人誌『新思潮』に発表した時の題は、「煙草」であったが、大正六年十一月、単行本に収めるときに『煙草と悪魔』と改題されている。作品に登場する「悪魔」の役割が大きいと芥川が考えたからもしれない。この作品の典拠は、明治三十七年（一九〇四）十月、博文館から刊行された高木敏雄『比較神話学』のなかの「怪物退治話」と指摘されている。

この作品は五つの章からなる。第一章は煙草の渡来についての説明文であり、第五章は作者の解釈文である。話の実質をなすのは第二章、第三章、第四章である。

芥川の小説『煙草と悪魔』では、天文十八年、フランシスコ・ザビエルの日本布教とともに煙草が伝わったかのような話になっている。作品のなかではフランシス上人とかフランシス・ザヴィエルと表記されるが、ザビエルのことである。史実によると、天文十八年（一五四九）七月、ザビエル一行は薩摩に上陸し、一年間、鹿児島に滞留したという。その後、ザビエルは天文十九年（一五五〇）七月、平戸に入り、京都、山口、豊後などを遍歴して天

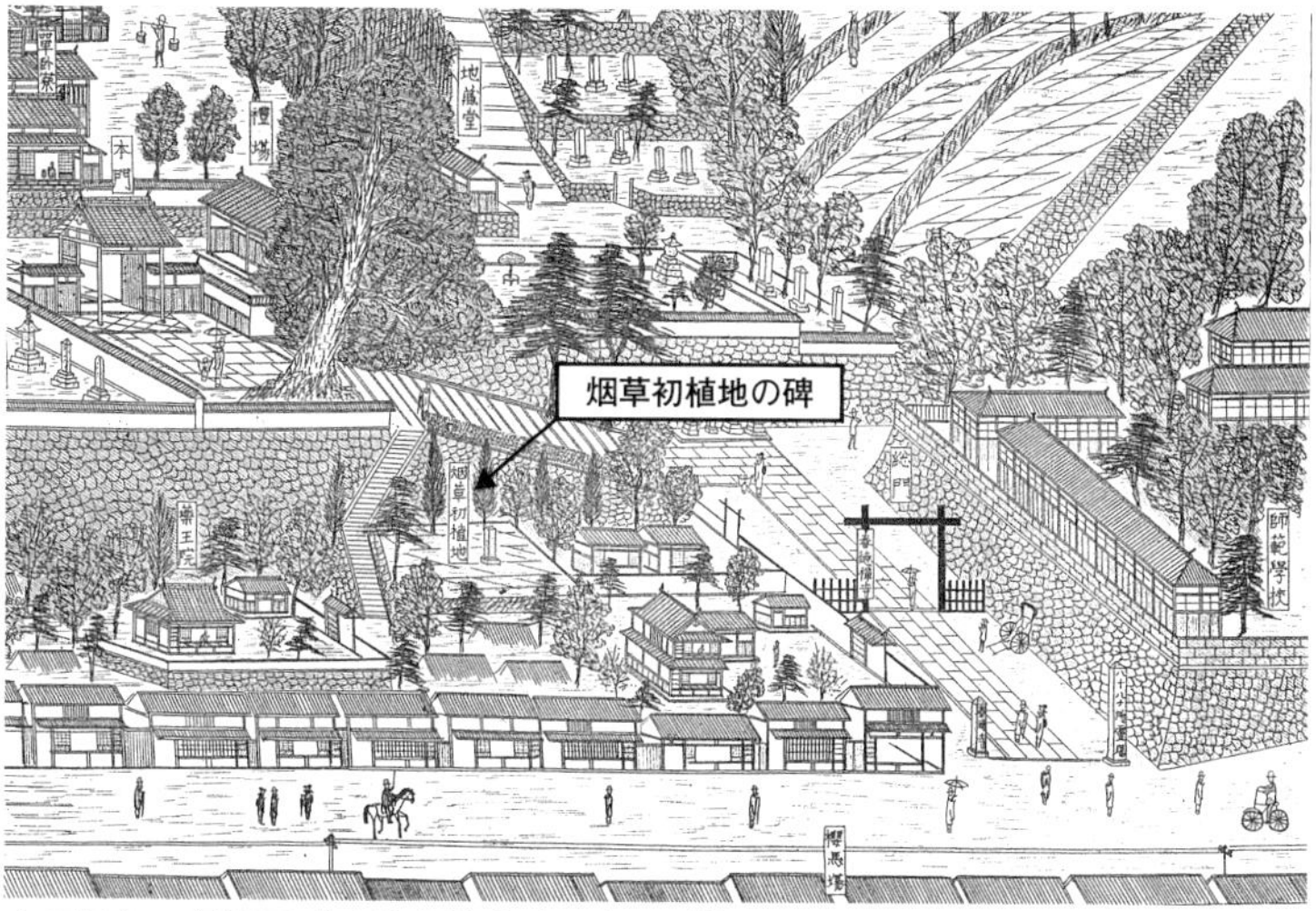

大正元年の銅版画「春徳寺境内略図」に「烟草初植地の碑」が描かれている。

文二十年（一五五一）十月、日本を去る。史実と芥川の小説を対応させると、イルマン（宣教師）に化けた悪魔が植えた煙草畑は薩摩の地になり、長崎の可能性はなくなる。しかし無論、芥川の作品は虚構であり、史実と対応させることは無理である。ただ、芥川には、キリスト教と煙草は同じ時期に日本に渡来し広まったという意識があったのだろう。そこで、フランシス上人が登場したわけだ。

　私は長崎市の春徳寺下の崩れかかった「烟草初植地」の石碑（大正元年の銅版画〈上図〉にも描かれている）を見るたびに、この上にトードス・オス・サントス教会があり、そのまわりに煙草畑が広がっていたことを想像する。それは何ら謂《いわ》れのないことではなく、史書の一部に記されていることでもある。そして芥川が『煙草と悪魔』と同時期に発表した作品『煙管《きせる》』のなかでは、江戸時代の名産「長崎煙草」のことが述べられている。それゆえ、このあたりを煙草栽培発祥の地とするのがふさわしいだろう。また、芥川作品『煙草と悪魔』の舞台として想像することも可能であろう。

朝《あさ》・ベッティーナ・ヴーテノ氏の論文、「『煙草と悪魔』—その『メルヘン』の要素をめぐって」（宮坂學編『芥川龍之介と切支丹物』二〇一四年四月・翰林書房）は、芥川のこの作品とグリム童話の『ルンペルシュティルツヒェン』とを比較対照している点で興味深い。同氏は一九四二年に発表されたドロテウス・シリング著の「日本における最初の煙草」という論文を紹介している。そこには一六〇一年（慶長六年）、ポルトガル公使が徳川家康に煙草の種をプレゼントしたという記述もあり、平戸市亀岡神社の碑の裏付けのようにも思われるが、それが「日本最初たばこ種子渡来」でないことはシリングの論文自体が示すところでもある。また、タバコの語源についてのシリングの説には異論があるようだ。

イルマンに化けた悪魔は煙草の種を植え、紫の花が咲くほどに育った。そこへ牛商人が通りかかり、花の名を尋ねる。イルマンは教えない。「あなたが、自分で一つ、あててごらんなさい」とイルマンは言い、賭《かけ》がはじまる。会話の途中で、牛商人はイルマンの正体に気づいた。帽子を脱いだイルマンの髪の毛の中には山羊のような角が二本、はえていたからである。その場面の描写は印象的である。

『煙草と悪魔』は切支丹物の最初の芥川作品であるので、南蛮キリシタン用語の語注をまずつけておかねばならい。以後の作品にもしばしば用いられるので、逐語注の繰り返しはおこなわない。『煙草と悪魔』の場合、南蛮キリシタン用語は漢字表記であるが、以後の作品では仮名表記の場合が多いようだ。

「伴天連《バテレン》」はポルトガル語 padore（神父）が転じたもの。「パアテル」はラテン語で神父の意。「伊留満《いるまん》」はポルトガル語で、伴天連のつぎに位する宣教師。「波羅葦僧《はらいそ》」はポルトガル語で、天国、楽園の意味。「珍陀《ちんだ》の酒」はポルトガルから輸入された赤葡萄酒。「波羅葦僧垤利阿利《はらいそてれあり》」はポルトガル語で、地上の楽園の意。「じゃぼ」はポルトガル語で悪魔の意。「波宇低寸茂《はうちすも》」はポルトガル語で、洗礼の意。「因辺留濃《いんへるの》」はポルトガル語で地獄の意。「毘留善麻利耶《びるぜんまりや》」はポルトガル語で、処女マリア、聖母マリアの意。「泥烏須《でうす》」はラテン語・ポルトガル語で神の意。「ペンタグラマ」はポルトガル語で、魔除けのまじないに用いた五角の星形。

無償の愛を体現した殉教者の物語

『奉教人の死』は、大正七年（一九一八）九月、『三田文学』に発表され、大正八年一月、単行本『傀儡師』に収められた作品である。単行本に収める際、南蛮学者新村出の指摘により、主人公の名前を「ろおらん」から「ろおれんぞ」に改めている。この作品は芥川の切支丹物のなかでの名作とされていて、多くの研究論文があり、興味深い作品である。

まず、私たちの目を引くのは語りの文体である。芥川は随筆『風変わりな作品二点に就て』（大正十五年一月）において、『奉教人の死』と『きりしとほろ上人伝』について、「両方とも、文禄慶長の頃、天草や長崎で出た日本耶蘇《やそ》会出版の諸書の文体に倣《なら》つて創作したもの」と述べている。『奉教人の死』は「天草本平家物語」の文体を真似たとされている。いかにも芥川らしい技巧であり、文体からしてキリシタン時代の長崎の雰囲気を醸し出している。天正十五年（一五八七）、豊臣秀吉の「伴天連追放令」があったが、文禄慶長のころ（一五九二以後）、キリシタンはますます栄えて、その中心地・長崎には幾つかの教会が立ち並び、「日本の小ローマ」の観を呈していた（片岡弥吉著『日本キリシタン殉教史』昭和五十四年、時事通信社発行、参照）。『奉教人の死』はそのころの話と想定してよいだろう。

この作品には芥川の切支丹物に見られる皮肉や懐疑の文句がなく、素直に読めば、キリスト教の「愛の思想」（無償の愛）を体現した殉教者の物語である。典拠とした書物は斯定筌訳《スタインシエン》『聖人伝』（明治三十六年再版）所収の「聖マリン」とされる。芥川はこの原典に大幅な創作を加えている。そのひとつに、「火事の場面」がある。芥川は随筆『一つの作が出来上がるまで』（大正九年四月）のなかで、「……その火事のところは初めちつとも書く気がしなかつたので、只《ただ》主人公が病気か何んかになつて、静かに死んで行くところを書くつもりであつた。……」と述べているが、海老井英次氏はこの発言を「そのままは認め難いようである」とし、三好行雄氏説の「『地獄変』の火災との関連」を妥当とされている（『鑑賞　日本現代文学・第11巻　芥川龍之介』昭和五十六年・角川書店刊）。

火事の現場に取りのこされた幼子を救うために、主人公が火の柱、火の壁、火の梁のなかに入っていき、みずからが犠牲となり幼子を助け出す描写は圧巻であり、この小説になくてはならない場面である。長崎の歴史資料のなかには、火事の記録も幾つかあり、芥川は何らかの情報を得ていたのではないかと私は推測する。たとえば、慶長六年（一六〇一）十月二十七日、長崎の町に大火災があり、岬の教会は類焼をまぬがれたと、『イエズス会年報』一六〇三年一月一日「マトス書翰」に記されている。

「しめおん」は芥川が創作した人物である。最近の研究では、この作品は単なる殉教物語ではなく、「しめおん」と主人公「ろおれんぞ」とのエロース（恋）の物語との指摘もある。マッシミリアーノ・トマシ氏は「『奉教人の死』―愛されたい悲劇の物語」（宮坂學編『芥川龍之介と切支丹物』所収）において、そのことを述べられている。同氏は小林幸夫、小野隆、神田由美子、須田千里、西村早百合の諸氏の説を紹介して、みずからの一歩進んだ解釈を提示されている。「傘張の娘」と「しめおん」と「ろおれんぞ」の愛の三角形の設定にまで論及されている。同氏はつぎのように述べている。

「『しめおん』は明らかに典拠になかったエロース的緊張感を醸し出し、信仰物語であった『聖マリナ伝』に一種の複雑な愛の三角関係効果をもたらすために造形された作中人物である」「芥川は、物語の最後に『ろおれんぞ』の性を明かしたのに対して、『しめおん』の心境を明かしていない。それは、『しめおん』のもたらしたエロース的緊張感を保っためだと考えられる。『ろおれんぞ』の性が明かされるが、『しめおん』の愛の本質が明かされない。兄弟愛、同性愛、異性愛のすべてが充分あり得る。ここには、俊作『奉公人の死』というテクストの無限の意味生成の可能性が見られるのである」

小説の主人公「ろおれんぞ」は顔かたちが玉のように清らかで、声ざまも女のように優しい少年として登場する。寺院では、剛力《ごうりき》のイルマン「しめおん」と睦まじくしていた。その仲は「鳩になずむ荒鷲のよう」とか「葡萄《えび》かずらが纏《まと》いついて、花咲いたようであった」と形容される。やがて、少年は寺院に通う「傘張の娘」に懸想される。信心の堅固な少年の設定のいっぽうで、そのような描写がなされるところに、当初からこの作品には、エロースの雰囲気が漂っていた。

高橋博史氏著『芥川文学の達成と模索』（平成九年、至文堂発行）所収の「『奉教人の死』論」は独特のエロース解釈（高橋氏の表記ではエロス）で問題を説いていく。高橋氏は「エロス」を「意識的な反省以前に、相手に向かって惹き寄せられていく心の動き」と規定する。「ろおれんぞ」が伴天連の憐みにて養われることも、「しめおん」が「ろおれんぞ」に惹かれることも、「エロス」の力である。火のなかの幼子を救い出すのも、幼子へ向かう「らおれんぞ」の「エロス」である。しかし、「『ろおれんぞ』の物語が殉教譚として完成されるとき、一切の区別を越え出でて相手へと向かうべきエロスは天上に祭り上げられる。生きて或る者に寄せる心の動きは、具体的な身体から切り離されて、抽象的なお題目と化する」と高橋氏は述べる。

足もとに横たわった「ろおれんぞ」の姿を見て言葉を失った伴天連に代わって、語り手が突如物語のなかに入ってくる。「……いみじくも美しい少年の胸には、焦げ破れた衣のひまから、清らかな二つの乳房が、玉のように現れているではないか。……おう、『ろおれんぞ』は女じゃ。『ろおれんぞ』は女じゃ。見られい。……傘張の娘と同じ、眼なざしのあでやかなこの国の女じゃ」ここではじめて、少年は女だったことが明らかにされる。

物語の語り手は語りの場面に戻って、「まことにその刹那の尊い恐しさは、あだかも『でうす』の御声が星の光も見えぬ遠い空から、伝わって来るようであったと申す」と述べる。「作者はいま、この無償の愛（アガペエ）を描くに、猛火に照らし出された女性のあでやかな裸身という、最もエロス的な場面をからませて呈示した。ここに作者のかけがえのない独創があったと言いうるであろう」との佐藤泰正氏の指摘（昭和四十四年十一月・梅光女学院大学『国文学研究』）以来、論議されてきた問題である。「刹那の感動」の場面を高橋博史氏はつぎのように述べる。

「天上から降りてくる『でうす』の〈御声〉と、「はらいそ」の「ぐろりや」を地上から〈仰ぎ見〉る「ろおれんぞ」の眼差しとが直結し、エロスが直ちに教えであり、教えが直ちにエロスであるような境位が、天上と地上とを刺し貫いて屹立する」なにか、プラトン哲学のエロース論やイデア論を思わせるような叙述である。だが、女である「ろおれんぞ」の物語は語られない。

「その女の一生は、この外に何一つ、知られなんだげに聞き及んだ。なれどそれが、何事でござろうぞ。なべて人の世の尊さは、何ものにも換え難い、刹那の感動に極《きわま》るものじゃ。暗夜《やみよ》の海にも譬《たと》えようず煩悩心《ぼんのうしん》の空に一波《いっぱ》をあげて、未《いま》だ出ぬ月の光を、水沫《みなわ》の中へ捕えてこそ、生きて甲斐ある命とも申そうず、されば『ろおれんぞ』が最後を知るものは『ろおれんぞ』の一生を知るものではござるまいか」と物語の語りは終わる。以上が（一）の部分である。

小説はこのあと、（二）の部分がつづき、「予《よ》」なる人物が講釈を述べる。「れげんだ・おうれあ」なる慶長二年出版の書を紹介し、『奉教人の死』はこれに拠ったと述べるが、これは芥川の拵えた虚構である。これを本当のことと思い、その書の譲渡を求める騒ぎが起こったことは有名である。

この作品のエピグラムの二文の重要性は諸氏（宮坂學、奥野政元、高橋博史）の説くところである。私にはこの二文はキリスト教の神髄を言い得て妙であり、それはプラトン哲学のイデア論の説く善美の世界がキリスト教の「神の国」「天国」の思想に繋がっていくのを覚える。高橋氏の論文の終わりの箇所は作品『奉教人の死』の評として優れたものであると思われるので引用する。

「めまぐるしい〈運動〉に蔽われているこの世を越えた、もう一つの世界―空間を、作品のなかに創出し、定着させようとする芥川の試みがようやくたどりついた到達点である。このときたしかに芥川文学は一つの達成をえた。『奉教人の死』が彼の文学の傑作の一つに数えられる所以である」

この作品の物語の部分は室町後期の口語体を模しているので、その辺りを考慮しながら語注を付けようと思う。「うちつけに尋ねよう」は「あからさまに尋ねる」の意。「まさかかとは見られぬ程」は「面と向かっては見られない程」の意。「一円」は「いっこうに」の意。「かつふつ」は「まったく（……ない）」の意。「いたいけな少年」は「やさしく可愛らしい少年」の意。「あえかな」は「かよわく、美しい」の意。「一定」は「きっと」の意。

長崎来遊の後の二作品

本編に収めた芥川作品は、習作『ロレンゾオの恋物語』を除いた四篇は「切支丹物」の作品である。そのうち、『煙草と悪魔』と『奉教人の死』は、南蛮人が往来し、キリスト教の布教が許されていた時代の話であるのに対して、『じゆりあの・吉助』と『おぎん』は禁教時代の話である。また、前二者が芥川の長崎来遊以前の作品であるのに対して、後二者は芥川長崎来遊後に制作され発表された作品である。この後二者の作品制作に際して、芥川は現地長崎でなんらかの取材をしたのではないかと推測される。

最近の研究では、『じゆりあの・吉助』については、大正四年（一九一五）一月、浦川和三郎が編者兼発行者となり大浦天主堂が発行所となっている書物『日本に於ける公教会の復活　前編』を参照していたことが明らかにされている。

芥川龍之介の長崎初遊の旅は、大正八年（一九一九）五月四日、菊池寛同行で東京を出発する。翌五日、芥川は長崎に到着したが、菊池は途中で具合が悪くなり下車し、二日遅れで長崎に到着している。県立長崎図書館に残されている「芳名録」には五月六日のところに芥川龍之介の署名が記されていて、菊池寛は八日のところである。（写真6）大正八年六月発表の菊池寛の「長崎の旅」には、「芥川と二人で、浦上の教会堂を見に行き、その帰途、長崎医学専門学校に行って斎藤茂吉に会った」と述べている。芥川は長崎図書館で浦川和三郎編集の書物を閲覧しただろう。また、浦上教会堂、大浦天主堂、その他でその書物を購入したのかもしれない。

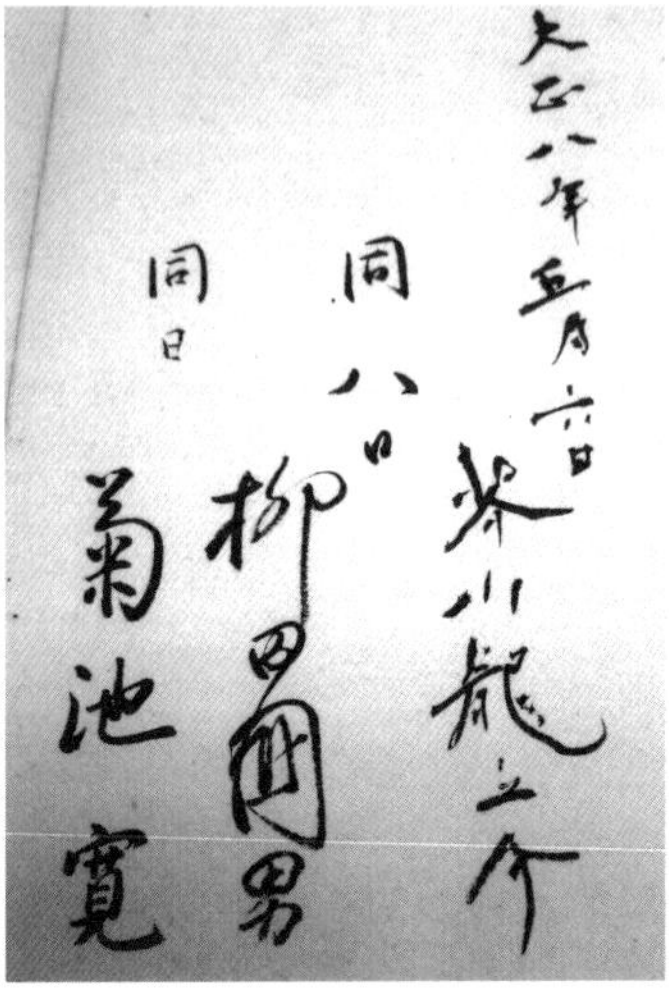

写真６　長崎県立長崎図書館にある「芳名録」の芥川のサイン（右端）

　『じゆりあの・吉助』は大正八年九月、『新小説』に発表され、翌九年一月発行の単行本『影燈籠』に収められた作品である。長崎初遊の直後に書かれた、ごく短い作品である。吉助は切支丹門徒として捕らわれたが、取調べの奉行が「今まで調べられた、どの切支丹門徒の申し条とも、全く変ったもの」と思うほど奇妙な話であった。吉助の申し条によると、イエス・キリストはサンタ・マリアに恋をして焦がれ死にしたが故に、同じ苦しみに悩むものを救うというようなものであった。

真紗玉氏は論文「『じゆりあの・吉助』――愚人と聖者」（宮坂學編『芥川龍之介と切支丹物』所収）において、大國眞希氏や須田千里氏の論考を紹介しながら、この作品が浦川編集書を参考にしていることを述べる。安政三年（一八五六）、「浦上三番崩れ」が起こる。『じゆりあの・吉助』はこの事件を素材にしていると論者たちは述べるのである。浦上の潜伏キリシタンは、次第にカトリックの信仰から離れて独特の宗教に変形した場合もあった。『日本に於ける公教会の復活　前編』一八二頁には、次のように記されている。

「して此アメン　ジウス様は或国の王子で、聖マリアを恋ひ慕うの余り焦死《こがれし》にした御方ださうなと称して居た。神の御子が聖母の美徳を嘉《よみ》して、その御胎に孕《やど》り給うた所から誤り伝へたものであらう」

『じゆりあの・吉助』の奇妙な話と符合する記述である。

作品のなかで、死体となった「吉助の口の中からは、一本の白い百合の花が、水々しく咲き出ていた」と記されている。そして、「日本の殉教者中、最も私の愛している、神聖な愚人の一生である」と結ばれている。そこには、奇妙な殉教物語の主人公への作者の同情が込められているようにも思える。

短い作品なので、逐語注をつけないでも読めると思われるが、二点だけ注をつける。「べれん」は「ベツレヘム」で、イエスの誕生の地である。「さんた・もんたに」はフランス語で「聖なる山」の意だが、長崎の西坂刑場跡の丘あたりが想定されるであろう。

転《ころ》びの物語『おぎん』

『おぎん』は大正十一年（一九二二）九月、中央公論に発表され、大正十二年（一九二三）五月、単行本『春服』に収められた作品である。芥川の長崎再遊（大正十一年五月）の直後に制作されているので、再遊時になんらかの取材があったのではないかと推測されるが、素材については明らかでない。永見徳太郎は随筆「印象の深い芥川氏」（昭和二年九月）において、永見夫人（銀子）が小説に登場する「おぎん」という名の女は皆悪女だとこぼすと、芥川は「きつとあなたを善人のモデルに使ひますよ」と告げたと書いている。それが長崎初遊中のことなのか再遊中のことなのか、定かでないが長崎滞在中にこの小説が構想されたことを思わせる話ではあろう。浦上の潜伏キリシタンの殉教や棄教の話は長崎に多く伝わっているので、芥川が直接取材する機会はあったと思われる。

『おぎん』に記されている祈禱文（オラシヨ）の幾つかは、浦川和三郎編書の「附録」に

写真７　浦上のサンタ・クララ教会碑

も記されているので、芥川はこの書も『じゆりあの・吉助』と同様、参照したと考えられる。

『じゆりあの・吉助』は殉教の物語であったのに対して、この作品は棄教（転《ころ》び）の物語である。また、前者が幕末期の安政年間（明記されているわけではないが）を時代背景にしているのに対して、この作品は「元和か、寛永か、兎に角遠い昔である」と明記されているように、江戸時代初期の話である。

この作品の主人公「おぎん」は父母とともに大阪から浦上の山里村に流浪して来たが、まもなく、父母は故人となった。「おぎん」は憐《あわれ》み深い「じょあん孫七」の養女となり、切支丹の教えを奉ずる者となった。孫七の妻、「じょあんなおすみ」も心の優しい女である。おぎんはこの夫婦といっしょに、日々の仕事と信仰の暮らしをしていた。ところが、ある年のなたら（降誕祭）の夜、役人が来て彼らを捕えていった。

三人は土の牢に投げこまれ、天主のおん教を捨てるように、いろいろな責苦に遇わされた。しかし彼らの決心は動かなかった。一カ月後、代官は彼らを焼き殺すことにした。刑場には大勢の見物が取り巻いている。墓原の向こうの空には、墓原の松が五六本、天蓋《てんがい》のように枝を張っている。役人はしばらく猶予を与えるから、もう一度よく考えてみろという。数分の沈黙のあとに突然、「わたしはおん教を捨てる事に致しました」とおぎんが言葉を発した。見物は騒いだが、また静かになった。孫七は「お前は悪魔にたぶらかされたのか？」と悲しそうな声を出した。おすみも「お前には悪魔がついたのだよ」と懸命な声をかける。しかしおぎんは返事をしない。

縄を離れたおぎんは茫然としばらく佇《たたず》んでいたが、孫七とおすみの前へ跪《ひざまず》きながら、なにもいわずに涙を流した。「お父様、お母様、どうか堪忍してくださいまし」おぎんはやっと口を開いた。おぎんは教《おしえ》を捨てた訳《わけ》を説明する。この小説の山場である。

おぎんは刑場の向こうの墓原の天蓋のような松の梢に気づく。仏教徒であった実の両親は墓原の松かげに眠っている。自分だけ「はらいそ」（天国）に入ったのでは申し訳ない。自分も地獄へ両親の跡を追って参ります。養父母のお父様やお母様は、ぜすす様やまりや様の御側へお出でなすってくださいその代わりおん教を捨てたうえは、わたしも生きてはおれません。そのようなことをおぎんは述べる。つづいて「おすみ」も「孫七」も棄教する。孫七が棄教する場面はつぎのように述べられている。

「──いや、もうおぎんは顔を挙げた。しかも涙に溢《あふ》れた眼には、不思議な光を宿しながら、じっと彼を見守っている。この眼の奥に閃《ひらめ》いているのは、無邪気な童女の心ばかりではない。『流人となれるえわの子供』、あらゆる人間の心である」

結局、三人とも棄教してしまうのだが、このことはどう解釈すべきか。

刑場の向こうの墓原の天蓋のような松の梢を見て、おぎんは仏教徒であった実の両親のことを思う。仏教とキリスト教の対比が描かれているわけである。このことにより、宗教は相対的なものだと示唆されているようにもみえる。宗教の教えよりも人間的情愛の故に棄教したと解釈されるかもしれない。

「この眼の奥に閃《ひらめ》いているのは、無邪気な童女の心ばかりではない。『流人となれるえわの子供』、あらゆる人間の心である」はこの小説のなかでの重い言葉である。もし、「人間の心」を宗教や信仰が救うのだとすれば、信仰は肯定的に捉えられるのだろう。

芥川の小説には、神や善の対極として「悪魔」が登場する。悪魔は三人の棄教を堕落、躓《つまず》きとして喜んだだろうか。最後に作者は「これもそう無性に喜ぶ程、悪魔の成功だったかどうか、作者は甚だ懐疑的である」と付言する。

この作品の逐語注を以下に記す。「さん・じょあん・ぱちすた」は、バプステマの聖ヨハネのこと。イエスに洗礼を施した聖人である。「ジェスウィト」はイエズス会のこと。「ジャン・クラッセ」はフランスのイエズス会の修道士。生没年は一六一八年から一六九二年。「ばぷちずも」はポルトガル語で洗礼のこと。「さがらめんと」はポルトガル語で秘蹟のこと。「流人となれるえわ」はエデンの園から追放されたイブのこと。「大天使がぶりえる」はヘブライ語で「神の人」の意。受胎告知のため遣わされた天使である。

第Ⅲ部
芥川龍之介をめぐる長崎人

永見徳太郎——長崎文化の伝道者——

長崎銅座の富豪、永見家

大正時代に長崎を訪れた文化人、たとえば、斎藤茂吉や芥川龍之介、竹久夢二などと交遊し、来崎した彼らの世話を引きうけたのが、長崎市銅座町の資産家・永見徳太郎である。徳太郎は、海星同窓会名簿によると、大正三年（一九一四）三月の第十回海星商業学校の卒業となっている。橋本国廣編『海星八十五年』の大正三年三月二十五日の条には「商業学校第十回の卒業式。卒業生十五名」とあり、つぎのような記述が見られる。

「後年、長崎の文学者として菊池寛や芥川龍之介たちと親交のあった浜の町の素封家、永見徳太郎は、その中の一人であった」

ここで橋本先生が書かれている「浜の町」は、正確には「銅座町」である。永見邸は現在の春雨通りに面するパチンコ店「まるみつ」付近にあったといわれている。永見家は、銅座町が「くんち」の踊り町を務める際、町の出し物に関するすべてを仕切る「一手持ち」を引きうける銅座町の分限者（富豪）であった。

「徳太郎」研究者、大谷先生との出会い

昭和六十三年（一九八八）七月、長崎文献社から発行された大谷利彦著『長崎南蛮余情～永見徳太郎の生涯～』は、その続編（平成二年十月発行）も含めて大変な労作である。明治、大正、昭和の長崎の文学や芸術の状況が、綿密に描かれている。この書物を感激して読んだ私は、ながさき総合文芸誌『ら・めえる』の宮川雅一、広田助利、嶋末彦などの会員諸氏とともに、南山手の大谷利彦氏のお宅をしばしば訪れてはお話をうかがってきた。（写真8）

大谷先生は、武蔵野女子大学を退官ののち郷里の長崎に引っ越されている。長崎の港を一望する南山手高台のお住まいで悠々自適の書斎生活、調べ物や著述に没頭なさってい た。二階に設けられた書庫の文献の量には圧倒されるものがあった。そんな大谷利彦先生が逝去されたのは平成二十一年（二〇〇九）十二月、九十歳になられて出された著作『異国往来　長崎情趣集』が発行されてまもなくであった。

大谷先生の著作『長崎南蛮余情～永見徳太郎の生涯～』（正編・続編）のなかで、私が感心し、また興味をもって読んだのは、芥川龍之介との面識を得た若き日の渡辺庫輔《くらすけ》が、芥川の田端の家の近くに下宿して文筆活動をおこなったことが詳しく書かれている点であった。「芥川に最も愛された弟子」渡辺庫輔は小説家としては成功せず、郷土に帰ったのち古賀十二郎の手伝いをしながら郷土史家として大成したことは、周知のことである。私は『ら・めえる』の三十七号から五十一号（平成十年から十七年）に、「古賀十二郎と渡辺庫輔」と題

写真８　平成15年5月3日、大谷利彦氏宅にて。右より宮川雅一氏、大谷夫人、大谷氏、筆者。

する評伝を連載してきた。その際、大谷先生の著作がおおいに参考になった。

徳太郎、海星同窓生説の謎

しかし、大谷先生のこの著作のなかで、私にとって不可解に思えることが一点あった。それは、海星学園には徳太郎が海星の同窓生であるという伝承があるのに、大谷先生の著作ではそのことがまったく書かれていないことである。

永見徳太郎は明治二十三年（一八九〇）八月五日生まれである。「徳太郎」は永見家の当主が受け継ぐ名で、もともとは「良一」といった。明治三十九年（一九〇六）、兄の五代目徳太郎（竹二郎）が二十三歳で病没すると、数え年十七歳の弟・良一が六代目徳太郎を継ぐことになった。

良一は、長崎市勝山町の尋常小学校四年課程を卒業後、勝山高等小学校に進学した。この辺りは大谷先生の著述のとおりである。しかし「そのあと市立長崎商業学校に入学することになるが……」になると、曖昧としてくる。大谷先生の著作の一節につぎのような叙述がある。「永見良一の長崎商業学校時代のことは、同校を中途退学した事実以外は、……すべて不明である。この学校は戦災で学籍簿類をほとんど失い……」（正編七八頁）。そのほか『紳士録』や『文士録』には「市立長崎商業学校卒」「大坂商業学校に学ぶ」などの記録があるが、大谷先生も指摘されているように、明らかな誤伝か不明確な記事である。

大谷先生は、不確定ながらも「長崎商業中退説」をとっておられたようである。その直接の拠りどころは、永見徳太郎が大正十三年（一九二四）八月十一日付の『長崎日日新聞』に夏汀の筆名で書いた随筆中の「十七歳の僕商業学校の生徒なりしが、暑中休暇を利用して初めて長途の旅に出づ。……」という記述らしい。

以上の永見徳太郎長崎商業在籍（中退）説と、海星学園に伝承されている海星商業同窓説とは、どう対応するのか。

海星学園では、旧制の中学校に移行する以前、「海星商業学校」であった時期がある。それは明治三十六年（一九〇三）四月より、大正四年（一九一五）三月、商業学校第十一回の卒業生を送り出すまでの時期である。明治四十四年（一九一一）四月には海星中学校の最初の入学式がおこなわれているので、「商業学校」と「中学校」がダブっている時期があるが、ともかく海星学園には「商業学校」が存在したのである。徳太郎が「僕商業学校の生徒なりしが……」などと述べていることが、あるいはそのまま、長崎にある商業学校、すなわち長崎市立長崎商業学校と誤伝されていったのではなかろうか。

私は大谷先生の著作を読んで以来、永見徳太郎海星同窓説の裏付けとなる資料はないものかと考えていた。当時海星学園に勤務していた私は、平成九年（一九九七）頃、学園の資料室の書架を調べていて一冊の合冊製本された本を探し出した。それは、海星の同窓会誌『窓の星』『海の星』の創刊号（大正十三年九月）から第三十五号（昭和十五年十二月）までが合冊された本であった。興味深く読みすすめていると、この同窓会誌には徳太郎の記事がしばしば出てくるのである。私がメモしたかぎりでは計十二回に及ぶ。そのうち二回は寄稿文である。徳太郎は、まさしく海星の同窓生だったのである。

その発見を受けて私は、校友会誌『海星』復刊第四十九号（平成十一年二月発行）の寄稿欄に、「長照寺訪問記」と題して、徳太郎の同窓会誌記事のことを書いた。当時の長照寺住職・浅井圓道師（身延山大学学長兼任）は東京大学文学部印度哲学科出身、旧制海星中学校第二十九回卒の同窓生で、境内には永見家の墓地があるためである。

同窓会誌『窓の星』第十五号（昭和三年三月発行）には、徳太郎が「年頭の感想」と題した文章を載せており、こう書きはじめられている。

「長崎の夢を夢見る松の内。長崎を去って、二年目の正月元日の朝、屠蘇の杯を傾け乍ら、フト私の頭に浮かんだ句が是であった。……」

徳太郎が一家をあげて東京へ移住したのは、大正十五年（一九二六）三月上旬のことである。

徳太郎と芥川龍之介

長崎市銅座町の実業家で長崎経済界の要人だった徳太郎は、一方でまた、文学や芸術の愛好家でもあった。徳太郎が交遊した文筆家や画人は数多く、彼らが長崎に来遊した折には手厚くもてなしている。また、みずからも戯曲集や小説集を刊行し、美術品の収集家、評論家、写真家として知られる存在であった。

徳太郎が親しく交わった文人に、芥川龍之介がいる。明治二十五年（一八九二）三月一日生まれの芥川と徳太郎は、徳太郎が一年七カ月ほど年長であるが、ほぼ同年代と考えていいだろう。芥川は二度長崎に来遊している。初回は大正九年（一九二〇）五月四日。菊池寛とともに東京を出立するが、菊池寛は身体の具合が悪くなり岡山で途中下車している。長崎に到着したのは芥川が五日夕刻、菊池寛はその二日遅れだった。ふたりは永見邸に、五月十一日に長崎を出立するまで逗留したのだった。

芥川の二度目の来遊は大正十一年（一九二二）五月十日から二十九日までで、このときは

写真９　馬上の徳太郎。〈大谷利彦著『続長崎南蛮余情』441 頁所載〉

二十日間の長逗留に及んでいる。逗留先は本五島町の渡辺庫輔の自宅、渡辺松寿軒（和菓子店）の二軒先の旅館であった。二回目の逗留時の案内人は庫輔で、そこに徳太郎もよく行き来した。

五月十三日の芥川の記述につぎのような一節（『長崎日録』）が見られる。「早朝往来より声をかくるものあり。二階の障子をあけて見れば、馬に乗れる永見夏汀、馬丁と共に佇みゐつ。午飯を食ゐに来ませんかと云ふ。……」

芥川は馬上の徳太郎を見たのである。徳太郎は自宅に専用の人力車と車夫を置いていたが、別に乗馬用の馬をもち、片淵の馬屋で馬丁に世話をさせていた。徳太郎は当時、それほどの大富豪だったのである。（写真9）

また、芥川は永見邸で数多くのコレクションを見せてもらっている。『芥川龍之介全集』第二十三巻所収の『蕩々帖』の「永見家蔵幅」のうち、「逸雲　唐人遊女と枕引きの図（蜀山の賛あり）」（五二二頁）は現在、中島川べりにある料理店「一二三亭」の店内に飾られている。

毎年七月の芥川龍之介の命日（河童忌）に長崎の博物館で展示される河童絵の銀屏風は、芥川が長崎の芸者照菊に贈ったものだが、大筆と唐墨は徳太郎から借り受けたものである。この河童の屏風絵ができるまでのいきさつなどについての徳太郎の文章（『新潮』昭和二年九月号「芥川龍之介氏と河童」）は、大谷著（正編二六九頁）に紹介されているとおりである。

実業家の道を捨てて上京

東京へ移住する前年の大正十四年（一九二五）冬、徳太郎は上京し、芥川宅を訪ねている。その折、徳太郎は、一家をあげて東京へ移住する旨を芥川に告げた。長崎の資産家が財産を処分して上京する決意には、どのような事情があったのだろうか。おそらく、長崎出身の若い二人の知人、すなわち渡辺庫輔と蒲原春夫がともに上京し、芥川に師事して文筆活動をしていたことが刺激になったのだと想像される。

徳太郎は実業家の道を捨て、文筆家として立つため上京した。庫輔や蒲原のように年若い身ではなく、もう中年の域に達していたが、徳太郎にはそれなりの実績と蓄積があった。また、文筆や芸術の道は徳太郎の夢だったのだろう。

徳太郎は、東京移住直後から、旺盛な執筆活動や出版事業をはじめる。大正十五年だけでも、『長崎版画集』『続長崎版画集』『南蛮長崎草』などが矢継ぎ早に出版された。その他、文芸雑誌などへの執筆も多く見られる。大正十五年（一九二六）十二月二十五日大正天皇崩御、元号が昭和と改められた。昭和元年は十二月二十五日から三十一日までの短い日数で終わり、年が明けると早くも昭和二年となる。徳太郎は前年につづいてこの年も、七月に『画集　南蛮屏風』、十一月に『長崎の美術史』と意欲的に二冊の著作を上梓したほか、いくつかの雑誌に文章を寄せている。

しかし、昭和二年は、徳太郎にとって衝撃的な出来事に遭遇した年でもある。それは七月二十四日未明、親しく交際していた芥川龍之介が自殺死したことだった。翌二十五日の新聞で知った徳太郎は、「芥川家に駈けつけると、其処には涙に咽ぶ人々が、大勢集まっておられるのであった」とある文章のなかで記している。

芥川龍之介の死後も、徳太郎は旺盛な文筆活動をみせていた。海星同窓会誌に「年頭の感想」と題して文章を載せたのは、昭和三年（一九二八）のことである。文中で徳太郎は、「アルベール先生」や「ランバック先生」「成瀬先生」などの思い出を語り、意気込みを述べる。

「私も不惑の年に近づいて来た。今からが脂ののる年頃であろうから、大いに努力しようと考えて居る。しかして、海星の学生時代に勉強をしなかった事を悔いて居る。が、まだ私には元気が残って居るらしいから、何か人のしない善い事を、或いは為になる様な学問を残して置く目的で、働いて置こうと考えて居る」

徳太郎がつぎに同窓会誌に寄稿したのは、第二十六号（昭和十年八月発行）においてである。「舞台写真と私」と題する随筆で、長崎では「くんち」の小屋入りがおこなわれる六月の執筆であった。「くんち」のことを懐かしみながら、海星在学中のことを振り返る。

「海星へ入学した頃は盛んに写真術を修業して、学校の方はそつちのけ、東京や大阪の展覧会に出品するので忙しかったのです」

「私は学校に通ったのは一ヶ年になって居りますが、正味は二百日たらずでしょう。所謂モグってばかり居りまして、この頃では、アノ頃フランス語を真面目に勉強して置けば良かったと後悔して居る次第です」

「でもこのヤンチャ者を先生方がお忘れもなさらず、時折のお便りに接するのは、光栄至極と感激する訳であります」

徳太郎が海星に通学していたのは日露戦争の日本海大勝利のころと記しているので、明治三十八年（一九〇五）である。徳太郎がとくに感謝していたのは、図画担当のアルベール先生であった。美術好きであったためであろうか。徳太郎が美術品を収集したり写真術に凝ったりしたのは、その傾向の表われである。徳太郎はこの随筆では、舞台写真のことに触れながら、歌舞伎俳優や水谷八重子、水之江滝子のことなども述べている。第一線で活躍している写真家としての姿が想像される。

海星同窓生、徳太郎

同窓会誌の記事から、徳太郎が海星に在籍していたことは確実になったのであるが、後日、私はさらに決定的な証拠に出会った。平成十三年の五月下旬のことだ。海星学園の事務室に永見徳太郎に関する資料はないか尋ねてみたところ、事務室の倉庫にあったのである。「私立海星商業学校」の学籍簿に、明治三十九年（一九〇六）四月の中途退学者として永見良一（徳太郎）の名前が出てきたのだ。よくもこんなものが海星学園に保存されていたものだと、私は驚き、感心もした。

その学籍簿によると、「長崎市銅座町二十番地」の「永見良一」は、「明治三十四年三月尋常勝山小学校卒業」「同三十八年三月高等勝山小学校卒業」「明治三十八年四月七日英語科試検ノ上入学セシム」とある。また、「退学事由年月日」の欄に、「明治三十九年四月六日保護者永見豊次郎ヨリ家事ノ都合上退学為致度段出願ニツキ許可ス」とある。

明治三十九年は、徳太郎数え年十七歳である。徳太郎こと良一は、十歳で父の四代目徳太郎に死に別れたのち、明治三十九年一月には兄の五代目徳太郎の死去にともない六代目徳太郎を引き継いだ。しかし、まだ数え年十七歳の商業学校の生徒でもあった。保護者（保證人）の欄には、「長崎市今籠町二十九番地倉庫業・永見豊次郎」と記されている。「永見豊次郎」は永見一族の出身で、良一の姉ナヲの婿《むこ》である。当時、永見倉庫の支配人を務めていた。学籍簿の「退学事由」の欄に記されている「家事ノ都合上」とは、永見本家の名跡「徳太郎」を継がねばならなかったことと、家業に専念せねばならなかったことを指しているのであろう。

長年の私の疑問は解けた。「永見徳太郎」は、明治三十八年（一九〇五）から三十九年にかけて、「海星商業学校」に在籍していたのである。同窓会名簿で大正三年（一九一四）の卒業生の欄に入れられているのは、中途退学者の場合でも、特別に「同窓生」扱いにするという配慮からのことであったのだろう。

大谷先生が残された業績

「同窓会誌」のこと「学籍簿」のこと、徳太郎の海星在籍を裏付ける資料のコピーを『長崎南蛮余情～永見徳太郎の生涯～』の著者大谷利彦先生に送り届けたのは、平成十三年（二〇〇一）六月一日だった。その後も大谷先生のお宅を訪れるたびに、私はそのことをお話しした。いつか大谷先生ご自身で、永見徳太郎の経歴のその部分を修正されるだろうと思っていた。しかし、ご高齢のうえ、最後の著述（『異国往来　長崎情趣集』）に専念されていた先生には余裕がなかったのだろうか。ついにそれもかなわぬまま、大谷先生は平成二十一年（二〇〇九）十二月五日永眠された。

長崎市大井手町の斎場でおこなわれた通夜の席で、奥様より葬儀での弔辞をお願いされ、私は驚き、また慌てた。大谷先生は故郷長崎を離れたのち、博多、土浦、盛岡、東京と転居されてきて戻ってこられた。先生が長く暮された土地は盛岡であり、盛岡には二人のご子息とお孫さんもおられる。知人・友人も、盛岡や東京に多い。晩年の長崎生活は平成三年（一九九一）からの十八年間で、私がお付き合いさせていただいたのは十年間ほどであろうか。ともあれ、先生の長崎での交際人を代表して、弔辞を読ませていただいたことは光栄であった。

大谷先生には、『啄木の西洋と日本』（研究社）、『世界文学史物語』（角川文庫）といった全国版の著書がある。盛岡一高教諭時代は、歌人・石川啄木の研究をされていていた。盛岡中学校の国漢の教師で啄木を歌誌『明星』に紹介した人が海星中学校に赴任していたとのことも、大谷先生に教えていただいた。その人物「大井一郎」の名前は、たしかに、大正十年九月から大正十三年三月まで国漢と歴史の教員として海星学園の記録に残っている。中町教会に住んでおられたようだ。石川啄木の恩師が海星の教員もしていたことに驚くと同時に、大谷先生の学識の広さにも目を見張った。

しかしなんといっても、先生の最高の業績は『長崎南蛮余情〜永見徳太郎の生涯〜』（正編・続編）である。私は弔辞のなかで、その著書の膨大な資料に基づく綿密な調査と、永見徳太郎のみならず、明治、大正、昭和の文学や芸術の状況が色濃く描かれていることをたたえた。

孫文と徳太郎

平成二十三年度「長崎伝習所」に「孫文・梅屋庄吉と明治大正長崎事情塾」が開設され、私はそれに参加した。「孫文・梅屋庄吉」と直接関係はないが、私は「明治大正事情」にいくらかなりとも関係がある人物として、「永見徳太郎」をテーマとして選んだ。

梅屋庄吉と徳太郎の関連をしいて求めるなら、明治十一年（一八七八）一月の榎津小学校児童の寄附記録「学務課報告掛事務簿」（長崎歴史文化博物館蔵）が挙げられるであろう。そこに、「永見年郎」「永見豊二郎」兄弟の名前が見られる。「永見豊二郎」は永見徳太郎の姉婿「永見豊次郎」である。そこにはまた、孫文を支援したことで有名な「梅屋庄吉」の名前がある。梅屋庄吉は数え年十一歳で榎津小学校を卒業しているので、「永見兄弟」もほぼ同年代の人と考えてよいだろう。ここに、「梅屋庄吉」と「永見一族」の何らかの関連がみいだされる。

孫文が国賓として長崎に立ち寄った大正二年(一九一三)、徳太郎は数え年二十四歳の若さであったが、長崎の実業家としてなんらかの接触があったかもしれない。また、孫文死去の大正十四年(一九二五)には、徳太郎は長崎市会議員、十八銀行監査役、ブラジル国名誉領事などを務める長崎の知名士であったので、その存在は孫文にも知られていたのではないだろうか。梅屋庄吉の没年は昭和九年(一九三四)、数え年六十七歳である。当時東京在住の徳太郎は数え年四十五歳、同じ長崎出身の両者のあいだになんらかの接触があっても不思議ではない。

徳太郎の多彩な経歴

ともあれ、私は塾のテーマとして「永見徳太郎」を考察するため、大谷利彦著『長崎南蛮余情』を再読した。そして、大谷先生が「あとがき」で割愛しなければならなかったと述べられている「永見徳太郎年譜」を、自分なりに作成してみた。そうしてみると、著作年表だけでもかなりの量になる。長崎在住のころよりは東京移住以後のものが多い。長崎時代は実業家であったが、東京移住以後は文筆家、美術評論家であったのだろう。また、みずから出版事業をおこない、舞台写真家、ラジオ番組の出演などの活躍も見逃せない。

今日、永見徳太郎の著述として知られているのは、大正十五年（一九二六）十二月春陽堂から出版された『南蛮長崎草』と昭和二年（一九二七）十一月夏汀堂から出版された『長崎の美術史』であろう。前者は昭和五十三年（一九七八）九月、歴史図書社から復刻され、後者は昭和四十九年（一九七四）九月に臨川書店から復刻されている。

私は平成二十四年のある日、長崎市桜馬場町にお住まいの上野初太郎（順）氏を訪ねた。上野順氏は、徳太郎の義父・松本庫治が経営する長崎市新地町の「松庫商店」を継いだ上野初太郎（若山牧水門下の歌人）のご子息（二代目上野初太郎）にあたる方で、現在も松本庫治とその妻てふ（永見徳太郎夫人銀子の母）の位牌を大切に祀っておられる。

上野順氏宅で、昭和五年（一九三〇）七月に発行された徳太郎の労作『南蛮屏風大成』を見せていただいた。長崎県出身の歴史学者黒板勝美の序文に「永見君は南蛮交通貿易や吉利支丹宗と因縁浅からざる長崎の地に生れて長崎の地に長じ、南蛮物の研究に於て最も造詣深い篤学者である。……」とある。その内容はじつに見事な南蛮屏風の絵である。私はデジタルカメラでその一部を撮影させていただいた。（写真10）

芥川龍之介の永見徳太郎宛書簡は、岩波書店発行の『芥川龍之介全集』（一九九七年発行）には七通が収められている。そのうち、書簡番号５８６の大正八年五月二十二日付となっ

写真10　永見徳太郎編『南蛮屏風大成』に描かれたキリスト教会。

ているのは、大谷利彦氏が指摘されているように大正十一年（一九二二）五月のものであろう（大谷著正編二六四頁）。

大谷利彦氏はその著書の「あとがき」でつぎのように述べられている。

「永見徳太郎の生涯と業績に対する評価は、さまざまに岐《わか》れよう。彼は高名な文人墨客に長崎のエキゾチックな魅力を広く紹介し、近代長崎の名を高めた恩人として、幾多の来訪者を感嘆させた美術工芸品のビッグ・コレクターとしてしばしば讃えられる反面では、由緒ある銅座永見家の家産を蕩尽したあげく、故郷喪失者として異郷の海に入水した敗残者とも語られてきた。そしてこれら相反する評語は、それぞれに徳太郎の陰陽の部分像をまさしく伝えてはいるが、その実像をトータルに照らしだすものではない。従来知られることのなかった上京後の大小の仕事の嵩や、晩年にかけての情念の屈折など、あわせ考えるべきことが多々あろう。……」

これは、「永見徳太郎」を主人公として『長崎南蛮余情』を書きあげた著者の、正直な思いであろう。トータルな実像はまだ明らかでない、ということか。ただ、南蛮美術の研究が徳太郎独自の業績であることは確かである。そしてそれは、芥川龍之介の文学の一端とも触れ合うものであったと考えるのである。

渡辺庫輔——郷土史家としての大成——

古賀十二郎のもとで学んだ少年時代

渡辺庫輔《くらすけ》は明治三十四年（一九〇一）一月九日、長崎市本五島町に生まれた。生家は渡辺松寿軒という和菓子店である。

庫輔と同じ町内出身の歴史学者に、古賀十二郎《じゅうじろう》がいる。古賀十二郎が広島中学校の教師を辞めて故郷に帰ってきたのが明治三十九年（一九〇六）、十二郎満二十七歳のときであった。当時、庫輔満五歳である。古賀十二郎は、大正元年（一九一二）十二月『長崎評論』という雑誌を創刊して（大正二年三月発行の七号まで県立長崎図書館所蔵）、旺盛な文化活動をおこなった。庫輔は、少年時代より十二郎から郷土史（長崎史）を学んでいた。大正十年（一九二一）十一月に上京してきた庫輔と対面した芥川龍之介は、数え年二十一歳の青年の学識に驚いたという。それは古賀十二郎らを中心とする長崎文化活動の雰囲気が、庫輔にすでに備わっていたからであろう。

庫輔は、大正二年（一九一三）に県立長崎中学校に入学するが、三年生進級時に事情で北九州の門司市にある私立豊国《ほうこく》中学校に転校している。

斎藤茂吉と庫輔

大正六年（一九一七）十二月、アララギの歌人・斎藤茂吉が、長崎医専教授として着任した。翌七年一月六日に土橋青村《つちはしせいそん》宅で開かれた歌会で、庫輔と古賀十二郎は斎藤茂吉と出会う。以後、庫輔は茂吉に師事、「与茂平」の号をもらうと『アララギ』十月号に「夏の歌」九首を発表した。

芥川龍之介が、菊池寛とともにはじめて長崎を訪れたのは、大正八年（一九一九）五月のことだった。このとき、芥川は銅座町の永見徳太郎邸に一週間ほど滞在した。永見徳太郎と縁戚関係にあった庫輔は永見邸に出入りしていたが、庫輔が芥川に会ったかどうかは定かでない。この年七月、庫輔は『長崎新聞』に「去来と許六」を発表。中学生のころから、庫輔は去来に関する文章を発表していたのである（『去来先生全集』昭和五十七年落柿舎保存会発行参照）。

大正八年（一九一九）より『長崎市史』の編纂事業がはじまり、古賀十二郎は編集委員となる。十二郎著の『長崎市史風俗編』の刊行は大正十四年（一九二五）十一月であるが、史料調査や墓地探訪などの面で、庫輔は十二郎の手伝いをした。大正九年（一九二〇）三月、庫輔は豊国中学校を卒業（第七回生）、九月には津田繁二ら四名とともに本山桂川経営の民俗学雑誌『土の鈴』の編集委員になり、寄稿もしている。

庫輔は、大正十年（一九二一）二月三日『俳諧雑詠』に「向井去来雑記」、三月には『長崎新聞』に「俳諧長崎草」を載せた。同じ月の十六日、斎藤茂吉が長崎を離れる際にこの地の歌の弟子たちと撮った記念写真に、二十歳の若々しい庫輔の顔が残っている。若いころの彼は、すらりとした長身で鼻筋の通ったハンサムな顔立ちである。（写真2〈31頁〉参照）

森鷗外と庫輔

大正十年（一九二一）十一月、庫輔は上京する。この件に関しては、長崎高商教授武藤長蔵が渡辺庫輔に与えた大正十年十一月四日付の封書が残っている。その全文を句読点を補いながら記すとつぎのとおりである。

「拝啓。鷗外先生ニは博物館にて面会するがよろしからむと存候。芥川菊池両氏ニは永見君の方が紹介者として適当かとも存候へ共、兎も角紹介の名刺封入致置候。武藤長蔵。大正十年十一月四日朝。渡辺庫輔君」

庫輔は、鷗外への弟子入りを望んで武藤に紹介を頼んだのではないかと判断される。鷗外が大正五年（一九一六）六月から翌六年九月まで『大阪毎日新聞』に連載していた長編史伝「伊沢蘭軒」を、庫輔も門司や長崎で読んでいたのではないか。「伊沢蘭軒」のなかには蘭軒の「長崎紀行」があり、唐通事など江戸時代の長崎人が登場する場面があるからである。長崎在住の古銭研究家津田繁二が、大正五年に鷗外と書簡のやり取りをしていたこともあるいは知っていたのかもしれない。長崎で庫輔が師事していた斎藤茂吉が、鷗外を「五百年に一人の人」と尊敬していたので、その影響もあろう。また、武藤長蔵は大正十年（一九二一）九月に上野帝室博物館と宮内庁図書寮で鷗外と面談をしており（昭和十一年十月発行「鷗外研究」第五号所載「鷗外先生との対談」参照）、そのために庫輔は、武藤長蔵に鷗外との面会を依頼したのかもしれない。

芥川に最も愛された弟子

しかし幸か不幸か、上京した庫輔が出会ったのは芥川龍之介であった。大正十年十一月、庫輔は芥川龍之介に面会した。そして、とても気に入られた。大正十年十二月二日付の佐々木茂索《もさく》宛の書簡につぎの一節がある。

「……この間渡辺与茂平先生が来て今代の活字本しか読まぬ事を痛歎してゐた　僕も活字本しか読まないが御つきあひに痛歎して置いた　与茂平は行年二十一才だが、中々見上げた学者だね　長崎史の通はさる事ながら　歌俳の事にも精しい男だよ　あゝ云ふ人間がゐるのだから古瓦楼主人（小島政二郎）なども しつかりせぬといかん……」

佐々木茂索と小島政二郎は、芥川より二歳年下の門下生である。庫輔は芥川より九歳年下である。佐々木や小島を励ます意味で芥川は書いているのだろうが、長崎から来たこの青年の学識に驚いたことはたしかである。古文書をすらすらと読める。俳句や和歌のことにも通じている。斎藤茂吉に学び、古賀十二郎の指導を受けて来た経験もあろうが、長崎の伝統的な学芸がその身に染み込んでいたのであろう。ともかく、芥川龍之介は庫輔を重用した。

『芥川龍之介全集』には、庫輔宛の芥川書簡が二十通ある。また、ほかの人宛の書簡で庫輔に言及したものが二十四通ある。その文面の調子は年代によって変化してはいるが、庫輔の学芸を尊重し、その人物に情愛を注いでいたことがよくわかる。これら書簡が「芥川龍之介に最も愛された弟子」(佐々木茂索説)と呼ばれるゆえんでもあるのだろう。

芥川には、長崎の南蛮キリシタンに取材した作品がある。早くから長崎のことには関心を抱いていた。芥川は当初、庫輔から長崎のことを学ぼうとの考えもあったのかもしれない。その意味では、庫輔は芥川にとっても「与茂平先生」だったのだろう。

芥川書簡1

庫輔宛芥川書簡の一番目のもの(大正十一年一月十三日付)には、つぎのような文面が見られる。

「今日は御恵送の長崎新聞落手あなたの序文を拝見しましたあなたはわたくしと書きますね小生はあなたの説通り小説の中の一人称はわたしとする事にきめてしまひました」

「それからこの間新小説の編輯人が切支丹文明の事につき筆者の相談にきましたから林若樹氏や何かと一しよにあなたを推しましたどうか暇があつたら何か書いてやつて下さい」

「明星に観潮楼主人（森鷗外）の奈良五十首が出てゐるのを読みましたか五十首とも大抵まづいですね」

「この春京都にしばらくゐた後長崎へ行きたいと思ひます」

「蒲原君にもよろしく」

芥川の庫輔に対する言葉使いが丁寧であることが印象的で、かなりの敬意を払っているのが文面から読み取れる。「わたくし」は鷗外の史伝作品の語り手（作者）の自称の形で、庫輔が鷗外を真似た口調で書いていたのであろう。鷗外の詩歌に対する芥川の批評が辛いことは周知のことであるが、庫輔の関心が鷗外にあることを察しての文面と考えられる。

蒲原《かもはら》春夫のことも、芥川はすでに何らかの形で知っていたことがわかる。前年十二月のアララギの歌人宛ての手紙に「数日前長崎より渡辺与茂平来訪いろいろ切支丹の話など聞きました」とあるので、芥川は与茂平、つまり庫輔を切支丹の事に詳しい人間と思っていたようだ。もちろん長崎史全体に通じてはいたが、後年の庫輔の傾向からすると、西洋語のできない庫輔は唐通事や唐寺（黄檗）などのほうが専門だった。芥川の長崎再遊の計画はこの年のはじめからあったこともわかるのである。

大正十一年（一九二二）一月十三日付の永見徳太郎宛芥川書簡に、つぎのような一節がある。

「……序文の件は小生の任ではありますまい　小生は歴史の知識なぞはないから書いた所が仕方がないのです　それよりも渡辺与茂平先生にお書かせなさい　あの人は新時代の秀才です。もう二三十年たつて御覧なさい　長崎はきつと渡辺与茂平ある事を誇りとする時が来るでせう　これは小生が責任逃れに云つてゐるのぢやない　ほんとうに云つてゐるのです　遠い東京の小生なぞよりも近い長崎の渡辺先生を知己の知の字の意味で知らなければいけません……」

これは徳太郎から何かの本の序文を依頼された折の返信らしい。満二十一歳の青年の学識にぞっこん惚れ込んでいるのであろうか。芥川の予言は当たったというべきであろう。古賀十二郎（昭和二十九年九月歿）亡きあと、庫輔が「長崎史学の大家」を引き継いだのである。

芥川書簡2

庫輔宛芥川書簡の二番目のものは、大正十一年一月十九日付である。つぎのような文面が見られる。

「新小説へ御執筆下されし由今日も編輯者まゐり大よろこび」「爾来『わたし』御用ひのよし珍重、文章の道豈そんな事に遠慮の入るものならむや鷗外の『わたくし』非か与茂平の『わたし』是か棒喝の間に決する位な意気ごみを持たれても然るべしと思ふ」

ここでも「わたくし」「わたし」論が展開されている。庫輔は鷗外の「わたくし」から芥川の「わたし」に転向したのだろうか。『新小説』への掲載（三月号）は「長崎の回顧」。中央の文芸誌へ庫輔の文章が載った最初の作品である。慶長十九年（一六一四）のキリシタン宗徒練り行列を扱っている。「師匠古賀十二郎先生の教示によつて、筆をやらうとする」の文が見られる。古賀十二郎の影響はすでに大きいといわねばならない。

芥川書簡3

三番目の書簡は大正十一年二月二十六日付、「まだ新小説のあなたの文を読んでゐぬ故これぎりにします僕も丸山に鶴の前を拵《こしら》へたい」の文面がある。「丸山の鶴の前」とは誰か。庫輔のなじみの芸妓と考えられる。これは後年、平石義男氏が取材した「田沢ハマさん」であろう（一九七八年発行『長崎のこころ』参照）。のちに芥川が河童銀屏風の画を贈った丸山芸者照菊の妹分・菊千代である。平石氏の記述に明治三十八年（一九〇五）十一月二十四日生まれとあるので、庫輔より四歳十カ月ほど若い。十六歳か十七歳の芸妓ということになる。『渡辺庫輔ノート』と題された手帳（県立長崎図書館蔵）の大正十一年の手帳のなかに、芥川の許へ上京するにあたって、お浜さんに対する気持ちをどうするかの悩みが記されていて興味深い。この件は後述したい。

芥川書簡4

四番目の書簡は大正十一年三月三十一日付。

「玉稿今日落手しました新小説ならば直に頂戴する事と思ひますがその前に中央公論へ見せる事にします　あれは中々面白いですね唯あなたの文章語法が……」

「四月下旬か五月上旬頃長崎へ行きたいと思ひます安い気楽な宿を世話して下さいさうしてあなたの鶴の前にも紹介してくれ給へ」

「わたしは天の成せる駄弁家故長崎へ行けばあなたにも議論を吹きかけますこれは必中《かならずあ》てられるものと予め覚悟をしてゐて下さい」

「玉稿」とはのちに『中央公論』に載った「絵踏」、『人間』に載った「双車楼雑記」、『新小説』に載った「落柿舎覚書」などであろう。いずれも芥川の世話で掲載されたものである。とくに『中央公論』に掲載されるのは異例の抜擢だった。芥川がいかに庫輔の資質に期待していたかを示すものであろう。芥川は長崎に行き、歌や俳句、歴史、文芸のことなどを庫輔と語り合うことを楽しみにしていたのである。また、ここでも「鶴の前」のことがでてくる。それは庫輔の恋人であったが、芥川にとっての「鶴の前」、すなわち丸山芸者照菊との出会いを予感させるのである。

芥川書簡5

第五信は四月八日付。

「茂吉氏の歌の説全部貴見に賛成、茂吉氏程の抒情詩人は今時は西洋にもゐない位です」

「この頃僕書斎の額を改めて澄江堂となす小島政二郎曰澄江と云ふ芸者にでも惚れたんですか僕曰冗談云ちやいけない書斎に名付ける程の芸者が日本にゐてたまるものか、これは鶴の前に会つた後だと云ひにくいから次手に唯今披露します　一笑」

芥川の茂吉讃美は有名である。芥川は後日、長崎の丸山芸者照菊に会い、「東京の芸者と異なる事多し」と述べているが、それはどういう意味だったのだろうか。

芥川書簡6

第六信は四月二十二日付。

「この手紙御地へつく頃には小生も東京発西下の途に就き居る可く候小生宅より回送の手紙は何とぞ尊家に御留置き下され度願上候」

芥川が長崎再遊の旅に出立したのは、四月二十五日朝だった。途中、京都に滞在して親友の恒藤恭と交遊する。芥川が長崎に到着した日は定かでない。「年譜」では五月十日までに長崎に到着とある。長崎では画を観たり丸山へ行ったりした（小穴隆一宛手紙）。この旅の長崎では、永見や庫輔や蒲原などが主な交際人だった。それになによりも丸山芸者照菊との出会いがあった。

大正十一年五月二十二日付のウィーン在の斎藤茂吉宛の絵葉書は庫輔との寄書である。「与茂平君の世話になつて居ります時々丸山へも行きます美妓照菊、菊千代などをも知りました与茂平君は東京に出る事になるかも知れません」とある。これまで、与茂平先生などと多少戯れがあるにせよ、敬意を払った言い方をしてきた芥川が「与茂平君」と呼ぶのは、この滞在中庫輔青年とよりいっそう親しくなったからであろう。茂吉が長崎に住んでいたころ、庫輔は「与茂平」の号をもらい師事したのであった。

茂吉は長崎滞在中の書簡に長崎の水道事情の悪さを述べるが、「丸山だけは吉原より良い」と書き送ったこともある。長崎の丸山は天下に知られた花街であった。そこで芥川は風流の遊びを愉しんだのだった。

芥川書簡7

第七信は五月三十日付。芥川が長崎を発ったのは、五月二十九日だった。帰途に立ち寄った鎌倉からの手紙である。芥川が東京へ帰るときの見送り人は、永見徳太郎、庫輔、蒲原春夫、照菊、菊千代などであった。

「汽車の出る時永見こんな紙を投げこむ何の事やらわからず同封貴覧に入れ候　萱草《かんぞう》も咲いたばつてん別れかな　お若さんの健在を祈り候」

徳太郎は、芥川と照菊との仲を詮索して冷やかしの投げ紙をしたのであろう。「萱草も咲いたばつてん別れかな」は照菊の住まいで芥川が詠んだ句である。

「滞在中小生の感じたる事は君の才なり兼ね々々申候通りおのれを大事にすることを忘るべからずこれは好《よ》き方なれど好からざる方を云へば御尊父などにもつと優しくして上げられること忘るべからず……」

この辺りの叙述は、庫輔への年長者のアドバイスといったところだろう。「君の上京は秋頃にならむか　旅立つや真桑も甘か月もよか　その節を楽しみ居候　半宵長崎を思へばやはりもつとゐたかつたと存候　水飲めば与茂平こひし閑古鳥」

芥川は庫輔との東京での再会を心待ちにしているのである。長崎滞在中は美術品や骨董品を見てまわった。例の「マリア観音」はちょっと失敬してきたのだという。丸山の料亭では、照菊や蒲原を交えて酔い語らった。『蕩々帖』に芥川と庫輔の連句が載っている。俳句に心得のある芥川は俳句のことに詳しい庫輔とこの点でも気が合った。

芥川書簡8

第八信は六月十八日付。

「……度々御書拝見おはまさんの事御同情に堪えず候……」

「……小生には定まりたる方針も無之候へどももし便宜（御上京後の）に即すれば引かざ

る方重々君の為になるべしと云ふよりは引かしたりなどすれば殆んど御上京後の生活の保証立たざる事と存候実際的な問題に就いては小生の申上る事唯これのみあとは君の分別に一任いたし候君も与茂平なり莫迦な事はせざらむと存候何はともあれ有為の士、真実女に惚るゝ事、又とあるまじき大慶なり、我人共に孤独なる事、云はゞ人生の落莫たる事を見るはこの時より外に無之候惚れて一しよになれねばなほ更よしその為道に近づくもの久米正雄一人とは御思ひなさるまじく候」

おはまさん（菊千代）を落籍して結婚したいと庫輔は考えていたのだろうか。この件を芥川にたびたび手紙で相談していたのだろう。

『渡辺庫輔ノート』大正十一年の手帳にはつぎのような記述が見られる。

「今夜芥川氏と思案橋のところへ来たら、現在自分がお浜（さんなどはつけない方がいゝやうだ）に対して持つて居る心持ちを、記録して書きたい気になつた。もう一時近くであるが、しばらく床の中で書かう。そこで本文に立ち入る前に書いて置かなければならぬのは、この手帖のことである。早晩上京する自分は、此手帖を東京まで持つて行くか如何か疑問である。寧ろ此手帖を、出発近くになつてお浜に渡したい。渡さなければ、おわかさんなりおかどさんに、永久に保存して頂きたいと思ふ。しかしお浜に渡すことが出来ず、お浜が自分の心持ちを理解して呉れなければ、僕は悲痛を受けなければならない。……」

結局、庫輔は菊千代を落籍することなく上京した。芥川のもとで文筆活動をするためである。漱石令嬢との婚姻を諦めて文芸道に精進した、東大での同級生久米正雄の例を挙げて、芥川は説得したということだろうか。

「御上京いつにてもよし芥川龍之介これを引き受けたる上は口の有無など御心配なさるまじく候上京したければしたい時御上り候へ　どうにか必《かならず》なるものに候仕事山積の為まだ鷗外老人には拝謁せずそれも此処一週間の内には兎に角会つて見るつもりに候」

庫輔は、鷗外の弟子の口を芥川に依頼したのだろうか。芥川は六月二日付小島政二郎宛書簡で、小島に鷗外宅への同行をお願いしている。しかし鷗外は病気が進行しており、七月九日死去した。歴史考証を得意とする庫輔の文筆傾向からすると、鷗外に弟子入りしたほうが良かったといえるかもしれない。鷗外が芥川ほど庫輔の面倒をみたかは疑問ではあるが。

芥川書簡9

第九便は七月八日付。

「森先生まん性腎臓炎になり、命もむづかしきよし面会は勿論かなはず、この口駄目なれば外を気づけるべし」

大正十一年『中央公論』十二月に発表された「長崎吉利支丹寺興廃記」（十一年七月執筆）の末尾に庫輔はつぎのように記す。

「わたしが、本稿を執筆して居る時、鷗外森林太郎先生は他界された。森先生は、わたしの私淑した人である。わたしは、この文を、森先生の霊に捧げやうと思ふ」

庫輔は早くから鷗外の文業に親しんでいたのである。鷗外の死去は、庫輔の運命を決める出来事だったかもしれない。鷗外への弟子入りが絶たれ、芥川に師事することになったからである。

芥川書簡10

第十信は七月三十日付。

「永見徳太郎電報をうち深夜叩き起こされるのに弱り候何とぞ電報だけ御免蒙りたき旨御鳳声下され度候」

このことは庫輔から徳太郎にその旨が伝えられ、芥川は感謝している。

芥川書簡11

第十一信（八月二十日付）に「電報たすかったのは君のおかげなるべし忝く存候」とある。

同信に

「うゐんの斎藤茂吉から手紙が来た君の所へもきたろ蒲原君にもよろしく、お若さんおはまさんの事もわすれたのぢやない　お門さんはまだ泣いてゐるかな諸姫に上げるもの僕のたのんだやつがなまけてゐてだめだ尤も僕も多忙のため催促にいかん」

長崎で馴染みになった丸山の芸者衆に芥川は贈物をする予定だったのだろう。『長崎日録』の記述から推測すると、お門さんの芸者名は「伊達奴」と思われる。

大正十一年九月推定の香取秀真宛書簡に、つぎの文面がある。

「……長崎の男渡辺与茂平と申すもの唯今拙宅に罷在り先生に御目にかゝりたきよし申居候近日同道参上仕る可く候間おんあひ下され候様願上候　与茂平は歌人兼考証家にて行年二十二にはめづらしき生意利者に有之候」

香取秀真は鋳金家で歌人、芥川家の隣人だった。ここで芥川は庫輔を「歌人兼考証家」として紹介しているのである。庫輔は上京後、しばらく芥川宅に居候をして近くに下宿したものと思われる。蒲原春夫も同じである。これ以後、芥川は長崎から出てきた青年ふたりの面倒をみることとなるのである。

芥川書簡12

庫輔宛芥川書簡の第十二便は、大正十三年（一九二四）七月二十二日付の軽井沢からの絵葉書である。大正十一年（一九二二）九月に上京して芥川家の近くに住み、常に行き来していた庫輔は、取りたてて手紙のやり取りをする必要がなかったのであろう。第十一便と第十二便のあいだが空いているのはそのせいである。

しかし、ほかの人宛の手紙のなかに、庫輔の名は出てくる。たとえば大正十二年(一九二三)一月十三日付の和辻哲郎宛の書簡には、つぎのような文面が見られる。

「さて別封は渡辺庫輔氏の去来研究の論文なのですが思想に御採用願ひますまいか　去来は同氏永年の研究ですから少しは新しいところもあるかと存じます　なほ同氏は原稿生活をしてゐる為去来を買つて頂くと月末の心配も助かるのです　右とりあへず御願ひまでこの手紙をした丶めました」

芥川が庫輔のために原稿の売り込みをしているわけである。芥川は庫輔の理解者であったが、一般的には庫輔の考証ものの売れ行きは良かったとは思えない。晩年の鷗外の新聞連載長編史伝作品が読者に受けなかったことは周知のことである。鷗外でさえそうであった。ましてや無名に近い庫輔の場合はなおさらのことであろう。そしてまた、鷗外の『渋江抽斎』を「無用の人を伝した」(和辻の言葉では掘り出し物の興味)と酷評した和辻哲郎のもとへ、庫輔の原稿を売り込んだというのはなんという皮肉なことか。

もちろん庫輔の場合は、南蛮キリシタンもの、あるいは長崎ものの専門家という強みはあったであろう。たとえば、芭蕉門下の俳人・向井去来については、去来が長崎出身者であるがゆえに、庫輔は詳細な調査ができたのである。長崎びいきの芥川は、なお庫輔に期待するところがあったといわねばならないだろう。

芥川家と長崎

大正十二年（一九二三）九月一日、関東大震災が起こった。田端の芥川家には大きな被害はなかったが、庫輔は芥川家に見舞いに駆けつけると食糧の買い出しなどを手伝った。当時芥川家には、徳太郎が世話した長崎出身の女中さんがいたが、震災の際に芥川の家族のために懸命に働いたことは、芥川著『大震雑記』（『中央公論』十月号）に記されているとおりである。徳太郎が芥川没後の昭和二年『文藝春秋』十月号に寄せた「長崎に於ける芥川氏」につぎのような文面が見られる。

「芥川氏は長崎好きで、『長崎人は質朴だ』と褒めて居た程であつた。或時、下女を探してくれとの手紙であつた、やつと一人見つけて出発させた。……」

当時の芥川家は父、母、伯母、龍之介、妻、長男、次男の七人家族であった。それに門人か秘書かの役の庫輔と蒲原が近所にいて出入りしている。女中さんは長崎人である。芥川家の人々は長崎人に親しみを感じていたのである。

庫輔の下宿生活

庫輔が芥川家の近くに下宿して文筆活動をしたのは、大正十一年（一九二二）九月から大正十三年（一九二四）末頃までと考えられる。大正十二年（一九二三）四月二十四日付の『東京朝日新聞』に庫輔の随想「下宿」が掲載されている。その冒頭部分はつぎのとおりである。

「下宿の生活は極《ご》単純である。わたしは国にゐて父君の家に起き臥《ふ》しいた頃でさへ夕べとなればひし々々と寂しく思つた。其《その》頃は、其寂しさを寂しさとして声高に謡《うた》ひ挙げてゐた。が、一人ぼつちの今日此頃は既に朝眼覚めることも心《い》愛《と》しく思はれるのである。…」

孤独感が滲み出た文章である。

庫輔は大正十一年から十三年にかけて、中央の新聞雑誌に十七篇ほどの文章を発表している。その中の一篇「絵踏」は大正十一年（一九二二）『中央公論』六月号に発表されたものである。二段組み十二頁にわたって、二十一歳の青年にしては老成した筆致で叙述されている。そのなかの一節を引用してみよう。

「……南蛮絵、又は、南蛮仏の絵、御影、かうした言葉は、キリストの像であり、サンタマリアの姿である。後期に至つて、絵板と称したのも、決して異なつた意味ではなく、等しく是を指したのである。而して、是等のものを下に置き、足を以て夫を踏むを、エフミ、或は、フミエといふ。／エフミなる言葉は、古くより有、外国の文書も是を認め、専ら公間に用ひられた。しかし、確たる区域あつての相違ではない。夫は場合と時期である。／エフミは其儀式の如く思はれ、フミエは其物件の如く推される。わたしは好んで、エフミなる言葉を用ひやうと思ふ。／わたしは以下に、絵踏、並に、その雰囲気の情緒を、師匠古賀十二郎先生の教示によつて、書いて置かう。……」

この文章の内容は当時の中央雑誌の読者にとっては、新鮮なものであっただろう。「絵踏」「踏絵」は、長崎のキリシタン宗門改めの儀式ではあったが、のちにそれは長崎の正月行事を彩る情緒（特に丸山遊女の絵踏）となったのである。長崎在住の庫輔は歴史家古賀十二郎に学び、身をもって長崎情緒を体験してきたのである。芥川が庫輔の存在を貴重とした一端も、その辺りにあったのかもしれない。

渡辺庫輔の帰郷は、大正十三年（一九二四）か十四年か定かでない。大谷利彦氏は著書『続長崎南蛮余情』一九四頁において、つぎのように述べられている。

「後年の庫輔をよく知る中西啓氏からの伝聞によると、彼の送別会の席上で片岡鉄兵は、これまで何人もの作家志望の青年がさまざまな理由、口実のもとに帰郷すると、そのまま二度と上京することなく終わっているが、渡辺庫輔にはぜひ再度上京して念願をはたしてもらいたい、という意味の言葉を贈ったという」

庫輔の帰郷は文筆生活の行きづまりか、父の病気のためか、わからない。

芥川書簡13

大正十四年（一九二五）四月十六日付の庫輔宛芥川書簡は第十三信である。このとき、芥川は療養のため修善寺温泉に滞在していた。内容は故郷へ帰っていた庫輔への激励の手紙である。

「……この間斎藤さんに会つた。一しよに飯を食つた。君の噂も出た。但し勿論悪口を言つたと知るべし」

「斎藤さん」とは、斎藤茂吉である。茂吉はこの年一月、ヨーロッパから帰国していた。芥川と会食して長崎時代の歌の弟子・渡辺与茂平の話も出たのであろう。せっかく上京して来たのに駄目だなあ、ぐらいの話があったのかもしれない。

「今つらつら君の身の上を案ずるに、異国関係の歴史などはいくらやつても語学の出来ぬ君にはだめなり。（語学をこれからいくつもやれば格別）精々長崎の考証家、――古賀さんよりも無学なる古賀さんになるだけならむ。然らば何になるかと言ふに、それは何になれと言つても、なれねば仕かたがなけれども、まづ小説家になるとすれば、傑作三編以上を提げて再度上京の計を成すに若《し》くはなかるべし。……」

「古賀さん」とは、東京外国語学校出身で西洋の文献資料を長崎の歴史研究に持ちこんだ長崎史家・古賀十二郎のことである。年少のころより庫輔が古賀に師事していたことを芥川は知っての発言である。

この芥川書簡第十三便は、庫輔にとって厳しい内容である。当初、芥川は庫輔の学識に感心して敬意を払ったような文面であったが、このころの芥川は年少の友、或は自分の門下生ぐらいのつもりで書いているようだ。それはそれでいい、情愛に満ちた文面であることには変わりはない。

この書簡は、歴史と文学・文芸の問題を考えさせるという意味でも重要かもしれない。

蒲原春夫の場合、小説家希望であり、芥川に師事して芥川作品を模倣したような作品を書いたこともある。しかし、庫輔の場合はどうか。庫輔は歴史考証家であり、小説の作品はない。「小説傑作三篇以上」とはどういうことか。芥川は庫輔になにを求めていたのか。歌は斎藤茂吉に師事し、俳句の心得もある。歴史考証にもっと文芸趣味を入れよということだろうかと考えてみる。

「君は相当にものもわかれど、小説修業の上にどうしてもまだ抜けぬ所あり。はたから見てゐれば、歯痒くてならぬが、君自身抜かねば抜かれぬこと故何とも助力する事能はず。この一関は君自身も既に悟れるならん。そこが透過せぬ故、君は文章は書けても、或は小品は書けても、小説が書けぬのなり。況や、名作と称せらるゝものをや。一月に一度、二月に一度でも兎に角小説らしきものを書き、僕の所へ送つてよこせば悪口位申してもよし。兎に角小説の壺を発見すること、現在の君には急務なり。……」

「……従来君が書いてゐたやうなものでは再度上京しても君の生計を立つるに足らず、足る足らぬの問題よりも、編輯者どもの機嫌を損じていれば第一買はせることもむづかしからん。かたがた腕を上げるより外なし。君も行年二十五なり。この二三年の間に腕を上げねば、文学老年になり了るべし。わかりたるや。……」

「小説らしきものを書き」とあるが、それはどういうことか。庫輔流の歴史考証に小説の味わいを入れて、ということだろうかと考えてみる。「抜けぬ所」とはなんであろうか。

「小説の壺を発見すること」とはどういう意味なのか。

芥川はここで文芸論、あるいは小説論を展開しているのだろうが、解釈に戸惑うのである。森鷗外は歴史小説から史伝作品へ入った。史伝作品は小説なのか、歴史なのか議論のあるところである。芥川は、そういった問題を述べているのだろうかと思いたくなる。

芥川書簡14

庫輔宛芥川書簡の第十四信（大正十四年五月一日付）も修善寺温泉からである。芥川は四月十日から五月三日まで修善寺温泉に滞在する。病気療養ということだが、静養の意味もあったのかもしれない。原稿催促の電報などに悩まされることもあったが、少し余裕があったのだろうか、書簡は前便につづいて饒舌かつ雄弁である。文筆上の行きづまりに悩んでいる庫輔への叱咤激励の手紙として、貴重な書簡である。前便といい、この手紙といい、これほど情感の籠った芥川書簡はないのではないか。その書簡の大部分を引用する。

「……長崎の噂も時々伝わる。結婚の話なども聞いたれど、僕はどちらかと言へば不賛成なり。自分にも親にも親類にも手数をかける機会がふえるだけなりと思ふ。君に必要なるは金なり。金を得るに必要なるは君の文章の売れることなり。文章の売れるのに必要なるは君の力量の出来ることとなり。その外に何もなしと思ふ。ズボラならズボラなりに腕を拵へる工夫をすべし。それも拵へて出来ぬ腕とも思はれず。拵へようとしたが出来なかつたと言ふ時が来れば僕が買い冠つてゐたとあきらむべし。今の所は君の能力になほ幾分かの望を嘱しをる次第、――と言ふ理屈がわからねば、よしべいの子になれと言ふだけのことよ。手紙でえらそうな見得を切るだけでは誰にも出来る。善悪とも底のぬけた、図々しい人間に（一例を挙ぐれば僕の如き）なつた証拠には作品を一つお見せやれさ。これも常談ではない、真面目な話だよ。ここが思案のしどころだよ。茂吉も君のことを心配してゐたぜ。僕等は皆乱倫不逞の徒だつたし、今でも乱倫不逞の徒だが、君よりはちつと工夫をしてゐるやうだぜ。わかつたりやどうでえす云爾」

「よしべいの子になれ」とは、よしやがれと言った意味らしい。多少乱暴な言葉使いをしているのは、親しみゆえだろう。「結婚の話」とは、どういうことだろうか。志村有弘著『芥川龍之介周辺の作家』（昭和五十年四月・笠間発行書院）一六二頁につぎのような記述がある。

「歌人島内八郎の話によると、庫輔の最初の妻岸栄との間には長男武彦をもうけたが、二人の仲は一年くらいしか続かず、後、内妻をもうけたりした。そして、上海にいた大須賀よし子を知り、庫輔はよし子の旦那と縁を切らせるため上京し、芥川が仲に入って妻とさせた。庫輔には妹が一人いたが、画家粥川伸二に嫁し、間もなく他界したという」

島内八郎は、明治三十年（一八九七）生まれの長崎在住の北原白秋門下の歌人である。県立図書館司書や市立博物館学芸員などを務めた。粥川《かゆかわ》伸二は日本画家。昭和二十四年

（一九四九）五十二歳没である。庫輔の長男渡辺武彦氏は、庫輔没後の昭和三十八年（一九六三）『長崎新聞』六月二十七日、二十八日の「庫輔さん追悼のつどい」の座談会に郷土史家諸氏とよし子未亡人とともに出席している。

よし子夫人については、堀田武弘著『長崎歌人伝―ここは肥前の長崎か』（平成九年十月・あすなろ社発行）の一三二頁以降に、著者が平成二年（一九九〇）十月、千葉県白井町のよし子夫人の自宅を訪問されたことが記されている。よし子夫人は昭和五十年（一九七五）庫輔の晩年の住まい長崎市芒塚から中小島に移られ、その後は愛知県豊橋市、東京都、平成二年十月には千葉県白井町に住まわれていたのである。昭和三十八年（一九六三）六月に六十二歳で庫輔が死去して二十八年後である。よし子夫人はおいくつになられるのか。かなりのご高齢だったと思われる。

堀田武弘氏の記述に「自宅には渡辺庫輔が収集した貴重な郷土史料がまだ残されていた」とある。またつぎのような記述もある。「ヨシ夫人は手元にある郷土史料を前に、『これらは長崎に返すもの、長崎の人達のもの』と話され、残されていた資料の全て、段ボール箱四箱分を筆者に託され、長崎県立図書館と長崎市立博物館に寄贈された」

現在、長崎図書館蔵の「渡辺庫輔史料写真集」や「渡辺庫輔手帳」はこの折のものであろうか。

志村氏の著書のなかの「島内八郎の話」の箇所で「上海にいた大須賀よし子を知り、庫輔はよし子の旦那と縁を切らせるため上京し、芥川が仲に入って妻とさせた」の部分はどうだろうか。堀田武彦氏は平成二十年（二〇〇七）十月二十日長崎歴史文化協会発行の『ながさきの空』に、「晧台寺に眠る渡辺庫輔さん夫妻」と題する文章を載せられている。それによると、庫輔夫人渡辺よしさんが亡くなられたのは平成十九年六月八日で、九十二歳だったという。庫輔死去の昭和三十八年（一九六三）のよし夫人の年齢を換算すると四十八歳となり、庫輔との年齢差は十四歳、「島内八郎の話」に出てくる「大須賀よし子」とは同一人物と思えない。渡辺よし夫人の戒名は「本明院幸蘭善芳大姉」、庫輔は「本光院格外風中居士」と堀田氏は報告されている。

療養中の芥川書簡

大正十五年五月二十五日付庫輔宛芥川書簡（第十八信）はつぎのような文面である。

「冠省御手紙拝見仕り候。上京するならば五月二十五日より六月中旬までに来給えへ。その後は東京にゐないかも知れない。……」

芥川未亡人芥川文の『追想　芥川龍之介』（中野妙子記　昭和五十年・筑摩書房）には、「主人が亡くなる前年の夏、主人は長崎から渡辺さんを呼んで、来てもらいました。……」とあるので、大正十五年夏、庫輔は芥川宅に居たと考えられる。八月九日、鵠沼《くげぬま》から庫輔宛の葉書（第十九信）がある。芥川宅に滞在中の庫輔に宛てた葉書であると推測される。この上京の折に、「島内八郎の話」にあるような件があったのであろうか。

この年、芥川は体調不良で神奈川県の鵠沼に転地療養をしていた。大正十五年の庫輔宛芥川書簡は計四通、鵠沼からのが三通、「神経衰弱」の文字が二箇所ある。四月二十五日付の書簡（第十七信）は鵠沼からのものだが、封筒に「一人にて見るべし」とある。全文を引用する。

「冠省。この間君のことで武川君が来た。君の手紙も見た。僕が永見より君を重んじてゐる事は君自身も知つてゐる筈だ。破門されたなどと莫迦なことを言ふものには僕の手紙を見せろ。僕はまだ体悪く弱つてゐる故、長い手紙は書けない。僕は時々君がゐれば好いにと思つてゐるぞ。右当用のみ。頓首」

「武川君」は評論主体の文学雑誌『不同調』の関係者である。「永見」は永見徳太郎のことで、徳太郎はこの年三月、東京に移住して文筆活動をはじめようとしていた。「君のことで武川君が来た」の「君のこと」とはどういうことか。「君の手紙」の内容はどうか。「君の庫輔の婚姻話のことだったのだろうか。ともあれ、体が弱っている芥川が「君がゐれば好《よ》いにと思つてゐるぞ」という辺りは実感がこもっている。芥川文が追想で述べているように、「主人が亡くなる前年の夏、主人は長崎から渡辺さんを呼んで、来てもらいました」とは、真実の事なのであろう。

最後の書簡と芥川の死

庫輔宛芥川書簡の最後のものは、昭和二年（一九二七）二月五日付である。その全文を引用する。

「お父さんの長逝を悼み奉る。今春匆々親戚に不幸あり。多病又多憂。この手紙おくれて何ともすまぬ。蒲原君によろしく。まだ多忙で弱つてゐる。頓首」

渡辺庫輔の父駒太郎はこの年の一月に死去している。「親戚に不幸あり」とは、一月四日、義兄（龍之介の姉ヒサの二度目の夫）が鉄道自殺したことである。そして芥川は、高利の借金もふくめてその後始末に奔走したのであった。

芥川龍之介が服薬自殺したのは、昭和二年（一九二七）七月二十四日未明であった。その自殺は翌日の新聞で大きく取りあげられた。昭和二年七月二十五日付『東京朝日新聞』は、「芥川龍之介氏　劇薬自殺を遂ぐ」の大きな見出しのもと、「神経衰弱と家庭的憂苦とが・いたましい原因に」「夫人への遺書・活かす工夫は無用と」などの見出しが並び、多数の弔問客が寄り添う写真が掲載され、紙面全体を使っての記事で埋められている。芥川自殺の新聞報道は長崎でも『長崎日日新聞』や『長崎新聞』で大きく取り扱われた。

芥川自殺のとき、渡辺庫輔も蒲原春夫も長崎に帰っていて、芥川の身辺には居なかった。芥川没後間もない九月六日付の芥川夫人の庫輔宛手紙が県立長崎図書館に保存されている。その全文を引用する。

「御手紙お細々《こまごま》と有がたく拝見いたしました、こんどの出来事でもあなたや蒲原さんが東京に居て下すつたらばすべてにどの位よかつたろうかとつくづく思ひました。何事も運命です私も私として出来るだけの事をやるよりしかたがありません。蒲原さんもせつかく御上京なさいましたのに御帰国なすてしまひ比呂志も大へんに淋しがつて居ります／十日は四十九日忌です早いもので御座い桝まづは御返事まで／芥川ふみ／渡辺庫輔様／私は病気でハありませんから御安心ください」

庫輔が芥川没後の芥川家に見舞いの手紙を出した返信であろう。「あなたや蒲原さんが東京に居て下さつたならばすべてにどの位よかつたろうか」は芥川夫人の実感である。芥川の自殺もあるいは、未然に防げたやもしれないとまでも思われるのである。芥川はこの二人の門下生と、心置きなく親しみを込めて付き合っていたからである。二人がそのとき、東京にいなかったのは返すがえすも残念である。

蒲原春夫は昭和二年二月、東京の博文堂から小説集『南蛮佛』を発行しているので、芥川の生前の少し前ぐらいまでは東京にいた可能性はある。しかし、芥川の死のときはいなかったわけである。芥川没後は、弔問と見舞いのため、芥川家に滞在したか、近くに宿を取っていたかであろう。当時、長男比呂志は七歳五カ月、次男多加志は五歳九カ月、三男也寸志は一歳十カ月である。蒲原は子どもたちのお相手もしたのであろう。

長崎史研究の第一人者

渡辺庫輔は義理の伯父松本庫治が副会頭の職にあった長崎商工会議所の書記として二年間勤務した。その後、職に就くことなく、在野の長崎学者としての人生を送ることとなる。昭和三年（一九二八）一月、古賀十二郎校訂の『長崎志正編』が発行され、庫輔は編集校正などに参画する。同年五月には『長崎談叢』が創刊され、その直後、「長崎史談会」（第二次）が設立され、庫輔は林源吉、津田繁二、蒲原春夫ら十二名とともに幹事に名前を連ねている。庫輔は『長崎談叢』の創刊号に「瓊浦集と弘化版長崎土産」を載せるほか、初期の『長崎談叢』の執筆者であった。昭和六年（一九三一）に入って長崎の俳句雑誌に文章を寄せ、十月には短歌誌『歩《あゆみ》』が長崎市馬町の蒲原書店（蒲原春夫経営）より発行された。『歩』は翌年から総合文芸雑誌『長崎文学』となり、編集兼発行人は蒲原春夫、庫輔は評議員となり、文章を発表する。

昭和八年（一九三三）九月、渡辺庫輔初の単行本が出版された。発行所は「昭和版長崎土産刊行会」、本の題名は『昭和版長崎土産』である。題簽《だいせん》および序文は古賀十二郎、装幀は粥川伸二。本文三一九頁、附録八三頁、四六判。企業や商店の広告が多いのも目立つ。広告料で出版費用をまかなったのであろう。内容は長崎案内書で、多色刷りもあり、写真もありで、文章は丁寧に書かれている。庫輔の「巻末記」によると、出来上がるのにあしかけ四年かかったとのこと。「本書を作つてゐるうちに、わたしは先祖代々住んでゐた本

写真11　昭和８年９月出版、渡辺庫輔著「昭和版　長崎土産」。

五島町の家を捨て、初めて上西山町に借家住ひをした。それから片淵町に移つた」とあり、奥付に記された著者の住所は長崎市片淵町一丁目となっている。（写真11）

渡辺文庫の年度不明の破損のひどい手帳にはさまれた紙片には、昭和二十年（一九四五）八月九日の原爆投下の折の経験記録が記されている。当時、庫輔は長崎市上町の浄土真宗西勝寺に寄宿していた。この記述は手帳の紙片九頁にわたって記されている。大正十二年（一九二三）九月一日、当時東京に出ていた庫輔は関東大震災を経験しており、この原爆も当初、「大震災に違ひないとおもつた」と記されている。渡辺庫輔の被爆記録として興味が引かれるところである。

昭和十八年（一九四三）、十九年、門司市清滝町住の黄檗《おうばく》研究家・雪堂吉永卯太郎宛の書簡、および戦後の吉永宛書簡を含めて計十四通を、私は吉永卯太郎縁戚の添田祐吉氏から預かり、『ら・めえる』誌五十号五十一号（平成十七年五月・十一月）に紹介した。庫輔は崇福寺や聖福寺などの唐寺（黄檗宗）の事蹟や史料にも精《くわ》しく、唐通事関係の文書・墓碑を調べた資料が県立長崎図書館の渡辺文庫に所蔵されている。長崎の寺の過去帳の記録も、渡辺文庫に遺されている。昭和三十一年四月、「阿蘭陀通詞本木氏事略」を『長崎学会叢書第一集』として刊行して以来、阿蘭陀通詞事略のシリーズを刊行した。この事略シリーズは歴史考証ものだが、庫輔が年少のころより私淑してきたという森鷗外の史伝作品に近い趣を呈している。このようにして、渡辺庫輔は長崎史研究の第一人者として活躍するわけである。

私と庫輔

私は昭和五十年（一九七五）、三十五歳で長崎に移住してきた。幼少・少年期の十八年間は故郷鹿児島県で過ごし、二十三歳から三十五歳までは福岡（博多）で生活した。そして、七十歳を迎える平成二十七年までの三十五年間を長崎で過ごしているわけだが、長崎は特異な場所だという思いは、いまもってしている。すり鉢型に広がる町は眺望の美を呈しているし、町に降りていくと、よくいわれる異国情緒はそこかしこに残っている。町を行く人の容貌までが異国風に見えた時期もある。郷土史研究の盛んなことも長崎の特長であると思われた。

私が長崎史談会に入会したのは昭和六十年（一九八五）、森鷗外の歴史物の研究のためには地方史に触れておかねばならないという考えからだ。その当時史跡巡りを担当されていたのは、高田泰雄氏（大正三年生まれ）だった。高田氏は丸山で料亭「かすみ」を経営されていた時期もあり、近くに渡辺庫輔の住まい（丸山町三八大須賀方）があって、「庫輔《くらすけ》さん」の話をよくされていた。高田氏の史跡めぐりでの名調子は、長崎を訪れる文化人を案内していた庫輔ゆずりの語りだったのかもしれない。

昭和三十八年（一九六三）六月死去の渡辺庫輔を私は知る由もない。しかし、生前交際のあった人々から色々な「庫輔伝説」を聞いてきた。『長崎崇福寺論攷』（昭和五十年八月・長崎文献社発行）の著者宮田安氏（明治四十四年生まれ）は、崇福寺研究の先輩渡辺庫輔から論文発表会で褒められたことを述べられていた。宮田氏はその著書『中島川遠目鏡』の「晩年の吉永雪堂先生」の章のなかで、昭和三十八年五月二日、吉永雪堂、崇福寺住職、宮田氏の三人で原爆病院の死床にあった庫輔を見舞った折のことが記されている。庫輔は涙をこぼしながら「老人が、老人が、老人が」と同じ言葉を繰り返したと述べられている。

私は平成四年（一九九二）以来、宮田安、竹内光美両氏が主宰されていた「唐寺研究会」で勉強させていただいた。その会は両氏が亡くなられた現在も、両氏の遺志を継ぐ形で存続している。宮田安、竹内光美（昭和十七年生まれ）は在野の長崎史研究家だった。在野研究家は古賀十二郎、渡辺庫輔以来の長崎の伝統であったのかもしれない。私は竹内氏に長崎の墓碑探訪に連れていかれていた。その折、竹内氏は持ち前の美声でつぎのようにいわれたのを鮮明に憶えている。

「渡辺庫輔さんは、ほかに仕事をおもちでなかったので、墓地調査をする時間はたっぷりありました。それに対して私は仕事をもっていますので、仕事のない日曜日ごとに墓地調査に来るのであります」（写真12）

庫輔は一緒に出かけたら金は誰かが出してくれるものと思っていた、と宮田安氏は述べられていたが、研修旅行ならばむしろ講師謝礼をほかの人が出すべきだったのかもしれない。それよりも酒好きの宮田氏が悔やまれていたのは、酒類がまったくダメな渡辺庫輔とはその付き合いができなかったことであるらしい。県立長崎図書館蔵の『渡辺文庫』にあ

写真12　長崎墓所研究家　渡辺庫輔（左側）〈県立長崎図書館蔵〉

る「史料写真集」と題された二十九冊のアルバムのなかに、郷土史家渡辺庫輔の姿が写っている。和服の着流し、いが栗頭、帽子、タバコは「庫輔伝説」のとおりであった。

庫輔の晩年

昭和三十八年（一九六三）六月十五日、渡辺庫輔は肺腫瘍骨転移のため、長崎市片淵町の原爆病院で死去する。最後の自宅は長崎市芒塚七二一。六十二歳だった。昭和三十七年二月から翌年四月六日まで長崎新聞に連載中の「長崎町づくし」が絶筆となった。葬儀は、上筑後町の聖福寺でおこなわれた。長崎新聞の記事によると、「……恩師・古賀十二郎氏の没後は不振だった長崎学会の振興につくし国際文化協会理事、崇福寺保存会長をはじめ、文化団体の指導者として中央でも郷土史学の権威として重要視されていた」とある。『長崎新聞』六月二十七日、二十八日に、「庫輔さん追悼のつどい」上・下が掲載される。妻よし子さん、長男武彦氏も出席されていた。

庫輔没後の昭和三十九年（一九六四）八月、遺稿集『崎陽論攷』（親和銀行済美会発行）が刊行された。序文は九州大学教授・箭内健次氏である。箭内氏の文章につぎのようなものがある。

「過去帳、墓碑銘などを軸とし、旧記を渉猟して一人一人の事蹟を究明する方法は渡辺さん独特なもので正に手堅いの一語に尽きる」「渡辺さんは殆んど官途につかなかった故もあり、在野精神に溢れた学究であった」「生前鋭意蒐集された記録資料はおびたゞしく、何れも長崎史研究のために貴重な素材となるものである。幸い遺族の方々の理解と県当局の財政的援助により一括して県立長崎図書館に渡辺文庫として架蔵されることになったのは学界のためにも喜びにたえない」

「忘れ得ぬ人、龍之介」

芥川龍之介没後、渡辺庫輔は長崎郷土史の大家として名を成したが、若き日、芥川に目をかけられ、芥川の許《もと》で文筆修業をした恩を忘れることはなかった。昭和二十九年（一九五四）四月「去来顕彰会」から発行された大著『向井去来』に、庫輔は三百頁以上の論文「去来とその一族」を載せている。その著の「あとがき」に、庫輔はつぎのように述

写真13　昭和30年4月28日、聖福寺にて劇団前進座一行を案内する渡辺庫輔。〈続アルバム百年（昭和58年長崎文献社）より〉

べている。

「……それにつけてもおもふことは、恩師芥川龍之介、斎藤茂吉の二先生に、幽明境を異にした今日、これを一読して貰へない哀しさである。幸ひに、古賀十二郎先生は健在である。……」

庫輔が師と呼ぶのは、芥川、茂吉、そして古賀十二郎であった。古賀十二郎も昭和二十九年九月、故人となった。

昭和二十六年（一九五二）七月二十三日、芥川の命日の前日、長崎市寺町長照寺で二十五回目の河童忌が営まれた。七月二十五日、庫輔は長崎民友新聞に「芥川龍之介の横顔」と題して、河童屏風のことや芥川を長崎駅で見送ったときの思い出を述べている。大正十一年（一九二二）五月二十九日午前十一時二十五分発の汽車で長崎を去る際、「芥川先生は汽車の窓から『唐竹も松留の花もさやうなら』という句を名刺のうらに書いてわたしに渡された」という。

庫輔は昭和二十八年（一九五三）には、『九州文學』の八月号と十月号に「芥川先生に就いて思ひ出すこと」、昭和三十年（一九五五）五月二十五日『朝日新聞』に「澄江堂のある日　忘れ得ぬ人・芥川龍之介」を載せた。昭和三十三年（一九五八）の四月十九日から五月十日、『長崎民友新聞』に「風中放談」を十四回連載した。その第一回目で、「風中」の号は芥川龍之介にもらったと述べている。（写真13）

蒲原春夫　――郷土作家としての活躍――

小説家、蒲原春夫

蒲原《かもはら》春夫が歌川龍平の筆名で書いた『長崎郷土物語』は、昭和二十七年（一九五二）三月、長崎民友新聞社から発行された。これは『夕刊長崎民友』に前年の昭和二十六年から十カ月にわたって連載された「わしが町さ物語」を単行本にまとめたものだった。序文は当時の長崎県知事・西岡竹次郎、長崎市長・田川務、跋文は長崎民友新聞編集局の寺本界雄である。

この本は昭和五十四年（一九七九）六月、歴史図書社から上巻、下巻の二冊に分け、さらに昭和二十三年（一九四八）に発行された『長崎昔噺集』を加えて再刊された。再刊の「刊行の辞」にはつぎのように記されている。

「……新聞連載中は多大な好評を博したが、今なお長崎の町をこれほど緻密に紹介したものはなく、二十数年を経過した今日でも、本書は脈々として長崎の息ぶきを伝えている。……」

私はかなり以前に、この歌川龍平著『長崎郷土物語』の昭和二十七年出版の本を古書店より購入していた。そしてそれは、私の本棚に置かれたままになっていた。大谷利彦氏著『続長崎南蛮余情』二二〇頁に「戦後歌川龍平の筆名で刊行した『長崎郷土物語』（長崎民友新聞・昭和二十七年）に、『永見さんが東京に転居したのは昭和十二年』としていて、何を根拠にしたのか理解に苦しむ」と書かれていることなどを読み、あまり読む気になれなかったからでもあった。（写真14）

今回、芥川龍之介の門下生・蒲原春夫のことを調べる必要もあり、『長崎郷土物語』を読んでみた。そして同時に昭和五十四年の再刊本を図書館から借り出して比較してみた。再刊本の本文は初版の復刻となっているが、町の情景を写した写真は昭和五十年代のものである。ちょうど私が移住して来た三十数年前の長崎の光景が懐かしく思われたのだった。

歌川龍平（蒲原春夫）著『長崎郷土物語』を読んでの感想は、じつに面白い読み物であった、ということである。歌川龍平こと蒲原春夫は小説家である。小説家の文章はまず、面白くなければならないと私は思う。先行の研究者が、渡辺庫輔の業績にくらべて蒲原春夫をあまり評価しないのは、蒲原に対して気の毒にも思われる。

写真14　昭和27年3月出版、歌川龍平（蒲原春夫）著「長崎郷土物語」。

芥川を模倣した文学

志村有弘氏は『芥川龍之介周辺の作家』（笠間書院・昭和五十年）の二〇二頁につぎのように述べられている。

「蒲原春夫の文学を振りかえってみた時、大正十三年を彼の文学上の出発期であると同時に開化期であると称することができ、後は沈滞期と言ってよく、沈滞期を脱せぬままに終わったといえる」

「作家としての蒲原は、希望とは異なり、結局中央文壇では陽の目をみることなく、野に没してしまった。そして、蒲原の文学は、芥川の模倣に終り、ついにそれを脱皮することはできなかった。そうした意味で、芥川を凌駕する点はなかったといえようが、芥川文学の系統を引く作家として忘れてはならない存在といえる」

大谷利彦氏は『続長崎南蛮余情』二〇六・二〇七頁につぎのように述べられている。

「……『文藝春秋』大正十三年十二月号に『客子放言』と題した、四段組一ページほどの（蒲原の）短い随想が掲載されている。その趣旨は、通俗小説や読物作品の擁護といってよい。／『此頃、盛んなものは文芸読物と称するものである。わたしも、今は、さうした読物をものして生計を立ててゐる。で、わたしが読物の事に就て種《いろ》いろ書き並べても、結局、芸術至上主義なんて旗をふりかざす藤沢さん（藤沢桓夫）などに冷笑されるかも知れない。それは覚悟の前だ。わたしは、自分の信念は飽く迄も突き通す頑固な人間である』

／しかし、蒲原春夫が結局はマイナーな地方作家にとどまったのは、素質、筆力もさることながら、創作態度の本質的脆弱さが、比較的安易に作品の常識性、通俗的につながったためと思われる」

蒲原春夫は昭和二年（一九二七）二月、東京の博文社より単行本『南蛮佛』を刊行している。蒲原が在京中に制作発表した十六篇からなる作品集である。その本は「殉教悲話」の冠称がつけられているが、いわゆる切支丹《キリシタン》ものである。しかも明らかに芥川作品を模倣した形跡がみられる。著者はその作品のひとつ「紅毛人追放」のなかでつぎのように述べている。

「彼は此頃、しきりに切支丹ものに手を染めてゐる。それも彼の故郷が長崎であり、さうした材料を手に入れ容易《やす》い関係もあるであらうが――彼は読者の傾向を察して、切支丹ものに手をそめ、その物語の売安い方法としてゐるのである。と同時に、切支丹もの許り書いて、自分の売名策としてゐるらしい」

「……しかし、心ある人びとはその文章は、彼が私淑するF氏の文体そつくりだと言つて批難した」

「邦介はその批難を甘んじて受けた。彼れは意識して、氏の文体を模倣してゐるのである。いや、模倣しながらもF氏以上に出ようとする野心を抱いてゐる」

邦介とは著者のことであり、F氏とは芥川龍之介であろう。弟子が師匠の作品を模倣するのは当然である。模倣から出発していかに自分の作品を作りあげていくかが問題である。今回、県立長崎図書館の郷土課から蒲原春夫著『南蛮佛』を借り出して、十六篇の作品全部に目を通した。たしかに芥川作品の模倣もみられるが、蒲原春夫の個性も出ていると、私は思う。芥川龍之介の天才的な筆致にはおよぶべくもないが、蒲原の作品は大衆的で読者にわかりやすい形で物語を作っていると思われる。蒲原は意識してそうしているのである。人は通俗的というかもしれないが、それが蒲原作品の特性なのである。十六篇の作品は大正十三年（一九二三）に発表されたものが多いようだが、短期間に多くの作品を作りあげるのも、いわゆる大衆作家の芸当なのである。蒲原は大衆作家としての可能性を秘めていたのではないかと思われる。

大衆読み物的な魅力

大谷利彦氏の著書のなかに、大正十四年（一九二四）三月発行の『文芸年鑑』の記述が載っている。「文士録」に「蒲原春夫」が出ていて、「姓にカモハラとルビがある」とのこと。そのほか、「別名歌川龍平」「短編集『切支丹物語』『女人伴天連』の著あり」などの記述もあるので、『南蛮佛』所収のほかにほかの作品もあったと思われる。大正十五年（一九二五）二月十五日付蒲原宛芥川書簡に、「……水滸伝所々拝見。思つたよりも上出来なり。装幀もそんなにわるくないぢやないか？……」とあるので、「水滸伝」という書物も刊行されたようである。私は未見であるが、「口語訳・水滸伝」のようである。このあたりにも、読み物作家としての蒲原春夫の片鱗がうかがえる。『南蛮佛』所載の作品では、表題になっている「南蛮佛」のほか、「紅毛人追放」「黒船」「伴天連異聞」などが面白かった。「南蛮佛」は「大村邪宗徒露顕顛末」と副題がついているように、明暦三年（一六五七）の大村藩郡崩れを扱った小説。長崎の歴史学者・古賀十二郎の教示に基づいて書かれた作品で、歴史と文芸の関係からも興味深い。「紅毛人追放」はジャガタラお春の件を連想させる作品であろうか。「黒船」は宝永五年（一七〇八）、屋久島に上陸したカトリック司祭・シドッチを連想させるが、この話の構成は芥川作品『藪の中』を模倣したものである。「伴天連異聞」は意外な敵討ちの話で、話の展開が面白い。

帰郷後の蒲原

蒲原は大正十一年（一九二二）芥川の自宅近くに下宿し、芥川の仕事を手伝ったり、みずからの作品を発表したりした。昭和二年（一九二七）のはじめごろまでは在京だったが、七月の芥川死去の際は長崎に帰っていた。

故郷に帰ってからは、長崎市馬町で書店や雑貨店を営みながら、長崎史談会の幹事や『長崎文学』の発行などで活躍する。蒲原は大正十一年（一九二二）九月、芥川のもとへ上京する以前にも書店経営をおこなっていたふしがある。大谷利彦氏が『続長崎南蛮余情』三二頁で紹介されている東洋日の出新聞大正十一年四月二十一日の記事には、つぎのような記述が見られる。

「市内馬町電車終点の東京堂書籍店の蒲原春夫君がやつて居る雑誌回読会の主催で我社が後援して文化的常識の発達に資する目的を以て来《きた》る三十日午後六時半商業会議所で別項広告の通りの文化講演会を催すことになり、……」

この記事から察すると、蒲原は地元長崎で、すでに文化的な事業に携わっていたことがわかる。芥川の死後、長崎に帰ってからの蒲原の活動はその延長線上にあるものと思われる。

明治三十三年（一九〇〇）三月二十一日生まれの蒲原は、大正十一年には満二十二歳。帰郷した昭和二年（一九二七）は満二十七歳。昭和三年五月に『長崎談叢』が創刊され、その直後に長崎史談会が発足した。顧問十名のなかには、永山時英、武藤長蔵、呉秀三、福田忠昭、新村出などの氏名がみられる。幹事十二名として、林源吉、津田繁二、増田廉吉などとともに、渡辺庫輔と蒲原春夫も名を連ねている。

『長崎談叢』は長崎史談会の機関誌となるわけであるが、蒲原は昭和三年八月発行の『長崎談叢』第二輯に「じやがたらお春」を載せた。これは小説創作のなかに、歴史考証の記述を交《まじ》えた興味ある作品である。西川如見著『長崎夜話草』の「じやがたら文」をそのまま載せ、後半で古賀十二郎の考証を述べる仕掛けになっている。そして最後の部分では、昭和元年の暮れ、芥川龍之介と銀座の喫茶店にはいった蒲原が「じやがたらお春」の腹案

写真 15　昭和５年５月４日、花月庭園にて。中央蒲原春夫、津田繁二（メガネの人物）。〈津田家提供〉

写真 16　昭和 25 年４月 30 日、グラバー邸にて。前列右端蒲原春夫。長崎史談会の催しの折、史談会幹部との記念撮影。〈津田家提供〉

を語ると、「夫《そ》りゃ面白い」「書いて見たら好いだらう」と芥川が答える。そこにコーヒーをもってきた女給は、反感に満ちた瞳で見詰める「じゃがたらお春」だった、という落ちで終わるのである。

蒲原は長崎史談会幹事として、『長崎談叢』に寄稿し、戦後昭和二十四年（一九四九）八月発行の第三十五輯まで、合計十一篇の文章が掲載されている。そのうち、第八輯から第十一輯まで連載された「長崎の横顔」は長崎案内書ともいうべき内容で、昭和八年（一九三三）十月、蒲原書店よりパンフレットの形で出版されている。私は、長崎史談会当初からのメンバーで古銭研究家であった津田繁二氏のご遺族より、繁二氏のアルバムを見せてもらったことがある。そのなかに、繁二氏らとともに蒲原春夫が写っている写真を二葉、見つけた。一葉は昭和五年（一九三〇）五月四日、「長崎史蹟名勝巡り花月庭園にて昼食後撮影」と繁二氏のメモが記されたもので、中央に当日の案内者である繁二氏と蒲原が写っている。また一葉は昭和二十五年（一九五〇）四月三十日、グラバー邸前にて藤間勘美智舞踊師匠を真ん中に置いて、史談会の主要なメンバー十一名と写った写真である。このように蒲原は戦前戦後の長崎史談会で活躍したのであった。（写真15、16）

文学と政治活動

蒲原の職業は書店経営で、戦前は県立長崎中学校などの中等学校の教科書や参考書なども扱う大きな書店であったようだ。またタバコや化粧品などを売る「カモハラ商店」も隣接して経営していた。戦後の蒲原書店は古書店としても知られていた。昭和八年（一九三三）、三十三歳の蒲原は商工会議所議員に当選する。昭和十二年（一九三七）には市会議員にも当選して政治家としての活動もおこなう。

しかし、蒲原には小説家としての意識は持続されていて、昭和五年（一九三〇）には四月から七月にかけて当時の長崎新聞に小説「春」を五十三回連載している。昭和六年十月、蒲原書店から短歌誌『歩《あゆみ》』を発行し、翌七年七月には『歩』を引き継ぎ、総合文芸誌『長崎文学』第十集と改題する。編集兼発行人は蒲原春夫。渡辺庫輔も評議員に名を連ねている。戦前版『長崎文学』は月刊を旨とし、昭和十一年（一九三六）六月第四十九集までつづくが、蒲原が編集を担当したのは昭和九年五月発行の第二十九集までである。

現在、県立長崎図書館の郷土課に『長崎文学』は保存されており、蒲原春夫も渡辺庫輔もたびたび寄稿している。庫輔は第十八集から第二十四集にかけて「長崎の歌作りに就いて」と題した力作評論を連載している。蒲原は創作を主体に八編の作品を発表した。そのうち、昭和八年五月発行『長崎文学』第十八集の随筆「春を歩く」は、一月の商工会議所議員の改選には最年少議員として当選したこと、そして三月の市会議員選挙には落選したことが書かれている。しかし、蒲原は昭和十二年（一九三七）の選挙で当選して議員になっているのである。昭和九年四月発行の『長崎文学』第二十八集に載せた野外劇台本「長十郎異聞」は、「国際産業観光博覧会野外劇場台本」となっている。長崎で開催された博覧会で上演されたものである。

『長崎文学』の復刊

戦後の昭和二十一年（一九四六）五月、蒲原はみずから経営する「長崎文学社」より『長崎文学』の復刊号を発行する。原田種夫著『西日本文壇史』（昭和三十三年三月・文画堂）一九五頁にはつぎのように記されている。

「敗戦後の長崎で、いち早く活動をはじめたのは、蒲原春夫の長崎文学社であった。二十一年五月、機関誌『長崎文学』（第三期）をだして戦後虚無的状態に陥った郷土の文人に、発表と研鑽の場を提供した」

ここで、原田種夫が『長崎文学』（第三期）としているのは、戦前版の『長崎文学』の第三十集以降を第二期としているからであろうか。第三十集以降、蒲原は編集を降りていたのである。戦後版『長崎文学』は「蒲原春夫編集」と表紙に銘打ち、「長崎文学社」から昭和二十三年（一九四八）四月の第十五号まで刊行されている。蒲原は復刊第一号に創作「ある青春」と随筆「長崎文学に落とす言葉」を載せる。随筆中には、「僕も今、かつて芥川龍之介氏に師事してゐた頃に劣らぬ感激と興奮の中に、劇しい創作慾をそそられてゐる。すべてを捨て芸道に生きやうと決心してゐる」の言葉がある。以後、蒲原は復刊『長崎文学』にみずからの作品を載せることになる。

『長崎文学』復刊第二号（昭和二十一年六月発行）の蒲原の随筆「流花荘雑記」にはつぎのように記されている。

「僕の生活は、商売、百姓、読書の三つ流れに支配されている。……読書というのは、僕が二十一の年から二十八の年まで、芥川龍之介先生に師事し、文筆生活をしてゐた頃の気風が、未だに心の隅に厳として僕を支配し、書き物する気持を抱かせ文芸精進の読書心を起させるからである。……」

蒲原は数え年でいっているのであろうから、「二十一の年から二十八の年まで」ということは、大正九年（一九二〇）から昭和二年（一九二七）までということである。渡辺庫輔は、大正十年十一月に上京して芥川の知遇を得ている。このとき蒲原が同行した様子はないので、蒲原はそれ以前に芥川と別の形で接触があったものと思われる。そのことの裏付けとなるのが、庫輔への最初の芥川書簡大正十一年一月十三日付に「蒲原君にもよろしく」と書き加えられていることである。

郷土作家として長崎のために

復刊『長崎文学』も昭和二十三年（一九四八）四月で終わってしまったが、蒲原は昭和二十三年八月刊行の『長崎雲仙島原車内案内』、昭和二十四年五月刊行の『観光の長崎県』、昭和二十七年四月刊行の『観光の長崎、国際文化都市』などの著述がある。長崎観光案内の書は昭和八年十月刊行の『長崎の横顔』以来、蒲原春夫の得意とするところであった。そして、昭和二十六年の二月から『夕刊長崎民友』に「わしが町さ物語」が連載され、昭和二十七年三月の『長崎郷土物語』の刊行となるのである。

『長崎郷土物語』は町ごとに章を立てて述べられていく。諏訪神社（馬町）の章には、馬町の住人「蒲原春夫」のことが述べられている。

「芥川龍之介の門下として大正の末期中央で活躍し、口語全訳『水滸伝』『南蛮佛』『女人伴天連』『二人の女』『長崎昔噺集』などの著書があるが、今は長崎ペンクラブの委員長として数少ない郷土作家の出現に努力している蒲原春夫がいる」

「会長は田中角太郎、この人は馬町の人のために骨身を惜しまず世話を焼き、町民の信望を一身に集めている。副会長は蒲原春夫、会計は村上巳代治、庶務に阿部義行といった組織、民生委員は蒲原春夫が兼ねている」

「諏訪神社前の広場を中心に、馬町の商店街が発達している。…（中略）…長崎で一番古い古本屋の蒲原書店。……」

天下の花街（丸山町）の章では、照菊のことが述べられている。

「照菊は、今は古川町の菊本の女将さんに納まっているが、昔に変わらぬ美しさを見せている。この人の芸妓時代は、若い人を指導し、少しも高ぶらないで面倒をみてやったのりしたので評判がよかった。芥川龍之介が、かつて来崎したとき照菊の姿を見て東都一流の芸妓に劣らぬと激賞したのは有名な話。龍之介の戯画屏風は、昔の思い出と共に照菊が珍蔵するものである」

絵踏物語（本古川町）の章には、料亭「菊本」のことが述べられている。

「料亭『菊本』は、昭和十一年三月、杉本ワカさんが、かつて丸山で芸妓置屋をしていた時の菊の屋の菊と、杉本の本をとって、『菊本』と名付け開業されました。菊本は、芥川龍之介氏の河童屏風があることで有名です。河童屏風は、芥川氏が二度目に来崎した大正十一年五月、そのころ照菊と称し芸妓だったおワカさんの為に書き与えたもので、……その屏風が出来上がるとき、渡辺庫輔、蒲原春夫の二人が手伝い、まもなく二人とも芥川氏を慕って上京したのも、今は古い思い出となりました。『菊本』は、戦時中閉鎖しておりましたが、昭和二十三年十一月再開、玄関には永井荷風筆の『菊茂登』の額がかかげられ、上品な料理店としての感じを与えて居ります」

『長崎郷土物語』は個々の町をとりあげ、その町の歴史由来、現在の様子、町にある店舗や住人の紹介など、綿密な取材でなった文章である。当時の長崎県知事・西岡竹次郎の序文にはつぎのような言葉がある。

「過去には、いろいろと長崎を紹介した本がありましたが、『わしが町さ物語』ほど、詳細に調査して書かれたものはありませんでした。しかも、原爆後初めて紹介されるこの本は、いわば、新しい企画の町勢調査ともいえるでしょう」

当時の長崎市長・田川務は序文のなかで、つぎのように述べる。

「歌川龍平氏の『長崎郷土物語』が刊行されることを特に喜ぶ。何故特に喜ぶかといえば、本書は歌川氏が、長崎の町々を、たんねんに回って、古老の言をきき、伝説を探り、昔の長崎を伝え、今の長崎の姿を眺め、将来の長崎発展のため、大きな指示を与えうる労作だからである」

蒲原春夫は、中央の文壇で大衆作家として活躍する可能性をもっていたと私は思うが、その希望を果たすことなく、郷土作家として郷土長崎のために働いた。晩年は佐世保市に移住し、昭和三十五年（一九六〇）九月一日、満六十歳で死去したのであった。

照菊――風流の女神――

忘れられぬ女性

私は、長崎県教育委員会が編集発行している「長崎学県民講座」の講義録を昭和六十二年（一九八七）版から平成四年（一九九二）版まで六冊所有している。平成二年版には、講師の先生方五名の講演記録が載っていて、平成二年（一九九〇）七月二十四日の長崎新聞文化ホールでの講演は、深潟久氏《ふかがたひさし》による「女の生き方―長崎の女性をめぐって―」であった。当日は私も講演を拝聴していた。深潟氏には『長崎女人伝　上・下』（一九八〇年・西日本新聞社発行）という著書がある。長崎県の女人百名近くの評伝からなる著作である。そのなかには、「杉本ワカ―月の照菊《てるぎく》忘れられぬ」の章もある。

講演当日の七月二十四日は奇しくも芥川龍之介の命日であった。深潟氏は講演の枕の話として、「河童忌」のことや「河童屏風」のことから切り出された。芥川命日前後は例年、長崎の博物館に芥川の「河童屏風画」が展示されている。「河童屏風」は、杉本ワカ（照菊）が経営する料亭「菊本」に廃業の昭和四十二年まで店内にあった。深潟氏は「菊本」を訪れた折の話をされた。「講義録」の記述からその箇所を引用してみる。

「私の先輩に永島正一さんという人がおりまして、よく一緒に飲んでおりました。そして、ワカさんが生きているときに一回聞こうじゃないかというわけで、二人でこの菊本に行きました。そして、飲んだ紛れに聞いたんです。私はそういうことは言えなかったけれども、彼が親しくしていたんで、『おかっつぁま、本当に龍之介とは何もなかたとね』と単刀直入な話をしたんですね。これを聞き出したら大変なスクープなんですよ。本当にあの人が『あった』と言ったら大変なことになる。こういうところでこういうお話をするということはどうも相すまんことでございますけれども、抽象的な話として聞いていただきたい。そうしましたら、彼女は否定もしなければ肯定もしない。ちょうど今のアメリカと一緒です。『原爆を積んでいるか』というと、否定もしなければ肯定もしない。そしてニコッと笑って立ち去っていった。ただそれだけのことでした。だから、永久に聞き出すことは不可能でした。だから一回、芥川さんの息子の也寸志さんが来たときに、またそこに河童屏風を見に行って、そして、そのときも何か聞いた感じでしたね。しかし、彼女はついに棺桶の中にその秘密を隠して持っていってしまいました。それで、私はよかったんだと思います。男と女の仲というのはこれは秘めごとですから、お互い、棺桶の中にしまってひっそりとあの世へ旅立つというのが美しい男と女のことではございませんかね」

昭和四十三年（一九六八）一月、西日本新聞は「長崎県南版」で、「ながさき文学の旅」

という企画シリーズを連載している。その第四回（一月二十一日掲載）は「河童屏風（芥川龍之介）」であった。担当記者の記述を途中から引用する。

「……わかさんもこの『菊本』も昨年六月、手離して隠居してしまった。夕刻『菊本』を尋ねると、一人で留守番をしているというわかさんの遠縁に当たるおばさんが、心よく案内してくれた。表とはうってかわったひっそりしたたたずまいの中の庭の置き石、灯篭がほんのり薄暗い夕闇の中に浮き立って見えた。その足で片淵町の自宅を尋ねた。おわかさんは驚くほど若く、美しかった。七十五歳とは思えない。和服姿できちんと正座しておわかさんは微笑をたたえて『龍之介さんとは二人きりで散歩したこともなかったんですよ』と言葉少なに話してくれた。……」

杉本ワカ（照菊）は、芥川龍之介に見事な出来栄えの「河童屏風画」を贈られたことで、後世、あれこれと龍之介との関係を尋ねられることがあったのだろう。しかしそれは、深潟氏が述べておられるように、「棺桶の中にしまってひっそりとあの世へ旅立つというのが美しい男と女のこと」なのかもしれない。とはいえ、深潟氏が芥川著『長崎日録』の五月二十三日以降の空白について疑問を提出されていることには、興味を引かれる。深潟氏はつぎのように述べられている。

「……そのときに書いた『長崎日録』というのがございまして、五月十一日から五月二十二日までの滞在記録になっておりますが、実は五月二十八日ごろまでいたんではないかと言われております。なぜ、その間の空白を書かなかったのか。それはいまだに疑問でございますけれども、私は恐らくこの杉本ワカさんとの関係が書けないものがあったんではないかということを感じるわけです」

『長崎日録』の最終行（五月二十二日の条）に「萱草《かんぞう》も咲いたばつてん別れかな」を芥川は記しているが、この句は杉本ワカの家に滞在して芥川が詠んだ句である、と推測される（『蕩々帖』参照）。丸山町五番地の鹿島屋の離れのおワカさんの住まいの庭にちょうど萱草が咲いていた。それを見て芥川は詠んだのである。その日時はいつか。また、「河童屏風画」はいつどのようにして書かれたのか。

杉本ワカと河童屏風

長崎民友新聞昭和二十六年（一九五二）七月二十四日の記事は「河童屏風」の写真を載せ、「きのう河童忌」「屏風など公開」の見出しとなっている。「文壇の鬼才芥川龍之介逝いて今年は二十五年目にあたるので、長崎市内在住の門弟有志が二十三日午後三時から長崎市寺町長照寺で住職浅井円照師の読経の声もおごそかに二十五回河童忌法要を営み、故人のめい福を祈ると、もに遺徳をしのんだ」の記事のあとに、「杉本わかさんの好意で河童屏風が一般に公開された」と書かれている。芥川の命日は二十四日なのだが、お寺の都合で法要は前日となった。芥川家の菩提寺が法華宗の慈眼寺なので、同じ法華宗の長照寺でおこなわれたわけである。

同年七月二十五日の長崎民友新聞には「芥川龍之介の横顔」と題した渡辺庫輔の文章が「河童屏風」の写真とともに載っている。河童屏風の由来を庫輔は語る。それによると、杉本ワカは偉い人がみえたとき書いてもらおうと、二枚折の銀屏風を用意していた。おワカさんの妹のおかどさんが芥川文学のファンだったこともあり、庫輔がお願いして「芥川先生は心よく承諾された」と庫輔は語っている。以下、新聞記載の文章を引用する。

「……永見徳太郎もまた、芥川先生に大きなものを描いてもらうつもりでスズリと筆とを用意していた。わたしは永見のうちに行ってそれを借りて来て、菊の家で墨をすった。こうして出来上がったのが、今日の河童屏風である。屏風には、芥川先生のひざがしらのくぼみがついていた。今日、これは殆んどわからなくなった。それから指紋が残っていた。これは今日もまだ見ることが出来る」

「芥川先生は、この屏風を描いたのち、遂に永見のためには描かなかった。この故に、その後催された長崎画人の展覧会のとき、洋画をよくした永見は、絵画に菊の家のしつくい塀を描いて出品し、これに相合傘を入れ、おれが、龍之介と書いた。おわかというのは菊本の女将の名である」

「後になって、蒲原春夫がこのことを平山芦江《ひらやまろこう》に話した。芦江は都新聞の記者であって、紙上に艶種を書いていたのであるが、文士の艶種のうち、芥川先生に限ってそれがないといっており、蒲原がこの話をすると、特種として取扱った。かくて、芥川先生の課せられた艶聞が天下にひろめられたのであるが、芥川先生に限り、また菊本の女将に限り、そんなことはなかった。もっとも先にいう通り『あれほどの芸者は東京にもいないよ』と賞めておられた」

河童屏風が作られた経過については、永見徳太郎の記述は若干違っている。徳太郎は芥川自殺直後の『新潮』昭和二年（一九二七）九月号に「芥川龍之介氏と河童」と題した随筆を発表している。芥川は永見の家で河童の絵を描きはじめたがうまくいかなかった。翌日のことである。

「……翌日お昼過ぎに、芥川氏は大急ぎで、『大筆と唐墨を貸しませんか？』と言はれるので、昨日約束の河童を大幅に描かれる事であらうと、紙迄添へて出すと、芥川氏の癖であるところの長髪を、一度左手にてなであげ、右手には、唐墨と大筆を掴むやうに、懐に捩込み、脱兎の如くに戸外に出られた。実にその姿は、脱兎の如くであった」

芥川は永見には河童図を残さず、後日、徳太郎は照菊の家に二枚折銀屏風に描かれた河童図が燦然と光っているのを見たのであった。「唐墨、大筆は、此家に役にたつたのである」と徳太郎は述べている。昭和二年九月号『新潮』は芥川追悼号の内容になっていて、徳太郎の随筆も長いのであるが、大谷利彦著『長崎南蛮余情』二六七頁以降を参照していただくことにして、後の叙述は省略する。

芥川の「風流の女神」

昭和十五年（一九四〇）十二月発行『長崎談叢』第二十七輯に、蒲原春夫の随筆「長崎の匂ひと色」と題した随筆が掲載されている。長崎を訪れた久米正雄を案内して説明してゆく内容である。久米は芥川の友人であり、蒲原は芥川の弟子である。当然、芥川龍之介のことが話題になる。その箇所を引用する。

「『お若さんは』『お若さん？』『ほれ、芥川龍之介さんの』『あゝ、はゝゝ』久米氏は、ちょつと笑つて、『君が浮名の製造家と言ふぢやないか』／お若龍之介の艶話は、すでに二十年の昔噺となつてゐる。芥川さんも若かつたが、わたしも若かつた。こつそり長崎を訪ずれて、五島町の花屋に居を構えてゐた芥川さんと、二十余日の間、長崎の街を歩き、長崎の夜に浮れ、『春夫酔ふこと泥の如し』の一章が、未だに芥川全集から消えもせず、わたしの恥事となつている」

以上の文面からすると、芥川と照菊の艶種を広めた張本人は蒲原春夫だったようだ。歌川龍平（蒲原春夫）著『長崎郷土物語』では、「屏風が出来上がるとき、渡辺庫輔、蒲原春夫の二人が手伝い……」とあるので、蒲原も屏風のできあがる場面に居たわけである。

永見徳太郎の家から唐墨と筆とスズリを借りにいったのは、芥川か庫輔か、多少食い違っているが、永見の家から筆などを借りて描いたのは確かだろう。そして、照菊の家で芥川が精魂込めて描いたのを二人の弟子、庫輔と蒲原が手伝ったのも確かだろう。しかし、その日時ははっきりしない。

大正十一年（一九二二）五月二十四日付真野友二郎宛書簡に「実はこの間或人の為に銀屏風へ画と歌とをかきました……所が画も歌も字も悉《ことごと》く出来損じてしまいましたその為どうも屏風といふものは甚《はなは》だ気味の悪いものになつています」と書いている。芥川は「甚気味の悪いもの」と謙遜しているが、この銀屏風は照菊に贈った屏風画のことであろう。五月二十四日以前のとある昼下がり、この屏風画は描かれたのであろう。

芥川は『長崎日録』の最初の条に、「……僕の長崎に客となるや、上野屋に泊まらず、みどり屋に泊まらず、わざわざ本五島町の旅籠《はたご》に投ず。聊《いささ》か風流の志あればなり」と記す。長崎の一流旅館に泊まらなかったと述べているわけだが、長期滞在になるので費用もかさむこともあろうが、龍之介には別の目論見があった。それは「風流の志」である。そして、天下の花街・長崎の丸山で東京にもいないであろう素晴らしい芸者照菊に出会った。龍之介は庫輔や春夫を交えて愉しい風流の日々を過ごしたのであった。

芥川の遺書に、「僕は僕を愛しても、僕を苦しめなかつた女神たちに（但しこの『たち』は二人以上の意である。僕はそれほどドン・ジユアンではない。）衷心の感謝を感じてゐる」とある。照菊はこの女神のひとりだったに違いない。しかも、「風流の女神」だったのである。

独身を通した八十五年の生涯

照菊は妓籍を引いたのち、昭和八年（一九三三）から料亭菊本を経営した。歌川（蒲原）著には「昭和十一年三月」開業と書いてあるが、深潟氏の『長崎女人伝』の記述が正確のようだ。『長崎女人伝』には、「菊本の前は『むつみ』という料亭だった。それをワカが改修して『菊本』を開業したのが昭和八年。戦時中は川南造船の寮になった。再開したのは昭和二十二年である」と記されている。

歌川が「菊本」を取材したときは、昭和二十六年（一九五一）。「照菊は、今は古川町の菊本の女将さんに納まっているが、昔に変わらぬ美しさを見せている」と述べている。「菊本」を廃業したのが昭和四十二年（一九六七）。その年に取材した西日本新聞の記者は、「おわか

写真 17　照菊時代の杉本ワカ。

さんは驚くほど若く、美しかった。七十五歳とは思えない」と述べた。

杉本ワカはその容姿の美しさもさることながら、その人柄も人々に好感を与えた。例年の河童忌への出席はもちろんのことであった。昭和三十一年（一九五六）九月三十日、六年前に消息を絶った永見徳太郎の七回忌が長崎市長照寺でおこなわれた。その折の「夏汀氏追善供養」の世話人の一員として、彼女は名を連ねる律儀さをみせた。杉本ワカは生涯独身を通して、「菊本」廃業の十年後の昭和五十二年六月二日、八十五年の生涯を閉じた。芥川の死後、五十年が経過していた。杉本ワカ（照菊）は芥川の死後も五十年間、「芥川龍之介の長崎」を見つづけてきたのである。

あとがき

　県立長崎図書館の検索コンピューターで「芥川龍之介」を入力すると、六百件を越える文献資料が出てくる。そのなかから私は書籍などを借り出して利用するのだが、その書籍の貸出履歴を示す貼付紙に押されたゴム印の多いのにも気付かされる。芥川龍之介は長崎にゆかりのある文学者なので、読む人が多いのだろうかと思う。

　長崎市立図書館でも同様な経験をする。二階の文学研究や評論の本が置いてある開架式の書棚の「ア」の所には、三十冊ほどの芥川に関する単行本が並んでいる。時にはその一部が欠けていることもある。貸出中で欠けているのであろう。芥川は現在も人気作家であり、特に長崎ではそうなのだと思う。

　芥川研究家の関口安義氏の最近の芥川についての単行本、たとえば、『よみがえる芥川龍之介』（２００６年　ＮＨＫライブラリー）『芥川龍之介新論』（２０１２年　翰林書房）によると、「冷戦後の世界情勢の変化や作品の〈読み〉の進化、さらには多くの新資料の出現は、芥川像を確実に変化させ、その作品をよみがえらせている」「生誕百二十年、歿後八十五年を迎え、芥川の文学は内外で新たな注目を浴び、再評価・再発見の季節を迎えている」ということである。長崎だけでなく、日本中で、あるいは国際的にも芥川龍之介は注目度の高い作家となっている。芥川研究文献は五千を越え、最近三十五年間で倍以上になったという。芥川作品の翻訳は世界四十カ国を上回り、翻訳数は六百を超える。最近ではロシア、中国、韓国で選集や全集が刊行されている。これは芥川龍之介のほかに例がないとのことである。やはり、そこには、芥川の文学が現在の世界に通用する何かを持っているということであろう。その何かとは何か、まず、芥川の作品を読んでそれを発見していくことが第一歩であろう。

芥川龍之介は従来、理知的な技巧派の芸術至上主義の作家と見なされてきた。それが今や見直されてきたというのが、関口氏の持論である。政治体制や経済制度以前に、人間の原点を懸命に描いてきた芥川像が浮かび上がってきたということであろうか。そのことは、本書に収録した五篇の作品を読んでいただくだけでも読みとれるのではないかと思う。

芥川の死去は昭和二年七月である。その後、日中戦争があり、太平洋戦争があり、そして、昭和二十年八月九日、長崎原爆投下があった。原爆投下で長崎市浦上地区は焦土と化し、旧長崎市街も二次火災で焼けた所もあるが、県立長崎図書館や寺町の寺院や旧居留地や丸山は残った。大正時代に芥川が訪れた町の面影はまだあると思う。芥川が愛した風流の町・丸山には料亭や検番や芸者さんが存在する。芥川お気に入りの照菊《てるぎく》さんのような気品のある美しい芸者さんに出会えるかもしれない。

芥川龍之介の三十五歳五カ月の生涯はあまりにも短い。せめて五十歳ぐらいまでは生きのびて、鷗外や漱石を凌駕する存在になってほしかったという思いがする。九州博多の地に赴任するのはその方法だったのではないかと考える。鷗外の小倉、漱石の松山、熊本、斎藤茂吉の長崎、彼らの地方生活がその文学生涯にどれほど寄与したか計り知れない。芥川もそうだったのではないかと想像するが、詮無いことである。

芥川龍之介をめぐる長崎人四人は、戦後の社会を生き抜いた。永見徳太郎は東京に出て活躍したが、望郷の想いをいだきながら、熱海の海に入水自殺したと伝えられている。渡辺庫輔と蒲原春夫は帰郷後、故郷の地で活躍した。両人の活躍の源《みなもと》には、若き日、天才作家芥川龍之介の許で修業した誇りがあったように思える。杉本ワカ（照菊）は「河童屛風」とともに龍之介の思い出を大切にした。芥川をめぐる長崎人が死去して久しいが、その記憶は、龍之介歿後八十八年になる今もなお、「芥川龍之介の長崎」として生きつづけているのである。

平成九年から十三年までの五年間、長崎県総務学事課の助成を受けて、海星高等学校で「自主研究グループ・海星長崎学研究会」を開設した。のべ七十人ほどの生徒が参加して、町歩き、史跡見学、墓地清掃、文献学習などをおこなった。宮脇勝巳君と北岡樹一郎君が積極的に参加してくれたことが印象に残っている。生徒たちにどれほどのことを伝えられたかわからないが、私自身の勉強になったことは確かである。当時の生徒諸君に感謝申し上げたい。

平成二十三年と二十四年、「長崎伝習所」の塾で明治大正期の長崎文学事情を勉強した。塾長の村崎春樹氏と三丸正紀氏の親切に感謝を述べたい。

本書の編集に当たっては、長崎文献社専務の堀憲昭氏と編集部の山下睦美氏に多大なお世話になった。感謝申し上げる次第である。

筆者経歴

新名　規明（にいな・のりあき）

1945 年 鹿児島県に生まれる。
1964 年 県立鹿屋高等学校卒。
1968 年 九州大学文学部卒。
1971 年 同大学院修士課程修了（西洋哲学史専攻）。
1980 年～ 2009 年 海星学園教諭。
著書に「小説・彦山の月」（長崎文献社）、
『鷗外歴史文学序論』（梓書院）がある。

芥川龍之介の長崎
—龍之介作品五篇つき—

発行日	初版 2015 年 5 月 28 日
著者	新名　規明
発行人	中野　廣
編集人	堀　憲昭
発行所	株式会社 長崎文献社 〒850-0057 長崎市大黒町3－1　長崎交通産業ビル 5 階 TEL. 095-823-5247　FAX. 095-823-5252 ホームページ http://www.e-bunken.com
印刷所	オムロプリント株式会社

ISBN978-4-88851-237-4　C0095